Inhaltsverzeichnis:

Das erste Mal fesselnde Leidenschaft

Lächelnd schaue ich auf sie herab und betrachte ihren Körper. Die Kleine, die hier vor mir auf dem Bett liegt, ist wirklich ein apartes Exemplar Weiblichkeit. Mittelgroß, schlank, mit großen, dunklen Augen und dunklen Haaren. Das kurze Haar steht frech ab und der leicht gebräunte Körper hat den perfekten Teint. Neugierig schaue ich in ihre Augen und lächele sie an, als ich ihren flehentlichen Blick sehe. Hilflos zerrt sie an ihren Fesseln, mit denen ich sie auf das Bett gespannt habe. Arme und Beine sind ausgespreizt und tragen lederne Fesseln, an denen die Seile befestigt sind, die sie aufs Bett nageln. Sie liegt schon eine Weile so und noch ist nichts passiert. Ich sitze neben dem Bett und schaue mir das Mädchen an, das sich mir anvertraut hat. Meine Augen gleiten über die schlanken Schenkel und verharren an dem kleinen Busch dunkler Schamhaare der über ihrer rasierten Weiblichkeit thront. Ihren flachen Bauch zieren ein paar kleine Härchen und dann gleitet mein Blick auf ihre vollen Brüste, die sich zu eindrucksvollen Hügel auswachsen. Wie unglaublich klein ihre Brustwarzen im Verhältnis zu den Brüsten sind! Gerade dieses

Ungleichgewicht gibt ihren Brüsten das Besondere.

Dann gleitet mein Blick weiter zu ihrem Hals. Deutlich sieht man, wie sich ihre Muskeln beim Atmen anspannen. Ihr Atem geht schnell, schneller als er eigentlich gehen müsste. Sie ist also angespannt in dieser Situation. „Mich hat noch nie jemand gefesselt. Bondage ist für mich was ganz neues", sagt sie leise, als ich sie mit sanfter Gewalt aufs Bett drücke. Ich habe sie nur angelächelt und geantwortet. „Dann wird es jetzt das erste Mal sein." Mit ruhigen Bewegungen setze ich mein Werk fort und nun liegt sie hier. Noch immer betrachte ich sie. Es ist herrlich, wenn sie gelegentlich an den Seilen zerrt, weil sie es unbequem hat. Ihr Körper ist angespannt und meine Lust mir diesen Körper zu nehmen, steigert sich von Minute zu Minute. Aber man muss Geduld haben. So einfach will ich es ihr nicht machen. Ich beuge mich etwas näher zu ihr und in ihren Augen taucht ein Ausdruck von Neugier, aber auch Angst auf. Was wird wohl mit mir passieren? Diesen Gedanken wird sie in diesem Moment hegen und ich fühle, es macht mich an, dass einzig und alleine ich diese Macht, was passieren soll, habe. Lächelnd beuge ich mich zu ihr herüber und meine Hände gleiten das erste

Mal über ihren Körper. Wie warm und fest ihre Haut ist. Langsam wandert meine rechte Hand über ihren nackten Arm und gleitet zu ihrem Hals. Neugierig schaut sie mich an und ihr Atem geht schneller. Ich bewege meine Hand vorsichtig und bald spüre ich unter meinen Fingern den Ansatz ihrer linken Brust. Spielerisch umrunde ich den Hügel, um dann mit festem Griff ihre ganze Brust zu ergreifen, um meine Finger in ihr Fleisch zu pressen.

Hin und her gerissen zwischen Lust und Schmerz bäumt sich das Mädchen auf und zerrt solange an den Fesseln, bis ich ihre Brust wieder loslasse. Wie empfindsam sie doch ist. Neugierig mache ich mich über ihre Brustwarzen her und massiere sie abwechselnd. Ihr Keuchen ist für mich die deutliche Antwort, dass ich auf dem richtigen Weg bin. Wie nett es doch ist, mit ihr zu spielen. Nun kommt noch eine zweite Hand hinzu und abwechselnd setze ich das eben begonnene Spiel mit der anderen Brust fort. Sie ist hin und her gerissen und ich höre deutlich ihr lustvolles Keuchen. Lächelnd schaue ich sie an und meine Hände verlassen ihre Brüste, wandern über Arme und Beine und prüfen den Sitz der Fesseln. Perfekt! Sie ist perfekt angebunden und kann mit nicht entkommen. Nun stehe ich auf und umrunde das Bett, das wohlweißlich mitten im Raum steht. So habe ich die Möglichkeit, mich mit meinen Opfern von allen Seiten zu beschäftigen. Aufmerksam mustere ich ihren Schritt und sehe die unverkennbaren Zeichen ihrer Lust. Ihre Schamlippen sind leicht geöffnet und glitzern verräterisch feucht. Wie leicht es jetzt wäre, meine Finger auf ihre Lippen zu legen, um mich an ihrer Lust zu weiden.

Aber noch ist es nicht so weit – noch lange ist es nicht soweit. Flüchtig gleiten meine Finger über die Innenseite ihre samtigen Schenkel, um sie dann überraschend mit einem kleinen Klaps zu bedecken. Sie stöhnt kurz auf, dann versucht sie sich wieder zu entspannen. Ihre Augen verfolgen mich und meine Bewegungen, aber diese Lust werde ich ihr gleich nehmen müssen, denn ich will, dass sie nicht sieht, was auf sie zukommt. Kurz gleiten meine Finger über ihre Schamlippen, um dann noch einmal mit kraftvoller Hingabe nach ihren Brüsten zu angeln. Ihr Mund steht halb auf und sie keucht rhythmisch. Wie nett sie doch reagiert. Langsam trete ich zurück und greife nach einem Tuch, das auf einem der Tische liegt. Sie schaut mich an und langsam setzt sich die Erkenntnis durch, dass ich ihr jetzt die Augen verbinden werde. Sie zerrt etwas an ihren Fesseln und schüttelt unmerklich ihren Kopf, wohl wissend, das nichts mich von meinen weiteren Taten abhalten kann und als ich langsam das Tuch über ihre Augen lege und verknote, stöhnt sie das erste Mal lustvoll auf. Jetzt ist sie soweit. Jetzt ist sie da, wo ich sie haben will. Ich trete zurück und beobachte sie noch eine Weile, dann greife ich nach einem Dildo, den ich zärtlich berühre. Die ganze Länge des kalten Stahlinstruments wird sich gleich in ihren Schoß bohren und sie wird wieder an ihren Fesseln zerren und kann mir dennoch nicht entkommen.

Eine absolute Femme Fatale

Gegen dreiundzwanzig Uhr drehten sich an der Bar einige Herren um. Sie hatten in der verspiegelten Wand eine wunderschöne, elegante Frau herankommen sehen. Sie wurde vom Oberkellner an ein Zweiertisch begleitet und postwendend mit einem riesigen Cocktail bedient. Als die Combo zum nächsten Tanz ansetzte, stürzten gleich zwei Herren zu ihrem Tisch. Mit einem konnte sie nur tanzen, und das war der zweiundfünfzigjährige Bernd Fillmann, seines Zeichens Geschäftsführer eines mittelständischen Unternehmens. Nach ein paar Cocktails und um diese Zeit denkt ein Mann wohl nicht mehr darüber nach, wenn er bald dreißig Jahre älter ist als die zum Tanz begehrte Dame. Auch nicht beim zweiten Tanz und beim heftigen Flirt an der Bar! Sissi schien der Altersunterschied nicht zu beeindrucken. Sie nahm seinen Flirt hin und begann langsam mitzuhalten.
Nach Mitternacht wisperte er ihr beim Tanz etwas ins Ohr. Sie gurrte vergnügt: "Aber Herr Fillmann, wir kennen uns gerade zwei Stunden."
"Bitte sag doch Bernd zu mir."
"Und du Sissi!"

Bernd hatte schon dafür gesorgt, dass in seinem Zimmer der Champagner kühl gestellt worden war. Nach dem ersten Schluck und seinem ersten Griff zu ihrem Brüsten wisperte sie: "Ich mag aber keinen Blümchensex. Bei mir muss es ein bisschen hart zur Sache gehen."

Angetrieben von ihrer Bemerkung griff er fest in ihren Schoss. Die sprechende Feuchte begeisterte ihn. Unsicher fragte er: "Wie soll es hart zur Sache gehen?"

"Bist doch alt genug. Lass dir etwas einfallen. Vergewaltige mich, fessele mich. Nur spiel mir bitte nicht den Missionar."

Nervös strich er sich übers Haar. Von dieser Art Offenheit war er ziemlich verblüfft. Als er umständlich an ihren Sachen zu fummeln begann, stieg sie selbst aus dem Kleid. Er war begeistert. Nur Strapse und einen winzigen Slip trug sie darunter. Die strammen Brüste hatten keine Stütze nötig. Steif und feuerrot blitzten ihn die Warzen inmitten der wahnsinnig großen dunkelbraunen Höfe an. Ohne Umstände hechtete sie sich aufs Bett.

Hastig stieg Bernd aus seinen Sachen. Er warf sich richtig in die Brust, als er den Slip über die mächtige Beule hob und sie mit seiner Sonderausgabe überraschte. Nicht nur was Länge

und Stärke anbetraf, verblüffte Sissi sein
Schweif. Nein, er hatte auch so einen
wundervollen Aufwärtsschwung, bei dem sich eine
Frau allerhand vorstellen kann.

Von Vergewaltigung und Fesseln hatte sie
gesprochen. Mit Bademantelgürtel und seinem
Binder ging er auf sie zu. Nur schwach war ihr
Widerstand, als er ihre Hände am Metallgiebel
des Bettes fixierte. Gespielt knurrte sie:
"Schuft, Schurke!" und strampelte mit den
Beinen. Mit denen beschäftigte er sich gleich.
Behutsam löste er sie Strümpfe von den
Strapsen und zog den winzigen Slip mit den
Lippen auf die Schenkel. Der Kahlschlag an ihrer
Pussy begeisterte ihn. Nur ein winziges
schwarzes Dreieck war auf dem Schamberg
geblieben. Die blank rasierten Schamlippen
zwangen geradezu, sich dort mit den Lippen
festzusaugen und das kleine Knöpfchen zu kitzeln.
Abermals strampelte Sissi mit den Beinen. Den
lästigen Slip wollte sie loswerden. Den Gefallen
tat er ihr gern. Aufgeregt rutschte er an ihre
Seite, saugte sich an den Brüsten fest und
machte ihr ein heftiges Petting. Ihr Wimmern
und Stöhnen trieb in immer mehr an. Als konnte
sie es nicht mehr erwarten, kreischte sie: "Komm

endlich! Ich will deinen Superschwanz endlich fühlen."

Der Mann hatte es nicht eilig. Einen Sinn musste die Fesselung ja schließlich auch noch haben. Er hatte bereits gespürt, wie empfindlich sie in den Leistenbeugen war. Dort saugte er sich fest und züngelte. Mit dem Spielfinger suchte er in der Pussy nach dem ganz besonderen Punkt. Sie schrie auf, als er ihn gefunden hatte. Mit einem Gegendruck auf dem Schamberg forderte er ihren ersten G-Punkt-Orgasmus heraus und den zweiten gleich hinterher. Er trieb das Spiel weiter, bis sie ihm in ihrer Raserei Leid tat. "Warte!" schrie sie auf. "Dann bist du an der Reihe. Auch dich werde ich fesseln und dich in den Wahnsinn treiben."

Beinahe feierlich kniete sich Bernd vor diesen herrlichen jungen Körper. Mit einem langen Zug versenkte er sich. Nach dem Stand der Dinge konnte er sich einen Quickie leisten. Sie war unter seinen Händen und Küssen schon mindestens viermal gekommen.

Als sie von ihren Fesseln befreit war, war er sogar gespannt, wie sie sich revanchieren wollte. Auch er wurde mit Bademantelgürtel und seinem Binder mit den Armen am Bett fixiert. Dann überraschte sie ihn. Sie kramte in ihrer Tasche und kam mit Handschellen zurück. Mit zwei größeren machte sie seine Füße am unteren Metallgiebel fest. Dann kamen noch zwei um die Arme.

Verrucht knurrte sie: "Jetzt bist du mir auf Gedeih und Verderben ausgeliefert."

Ein merkwürdiges Gefühl, dieses absolute Ausgeliefertsein. Insgeheim erwartete er allerdings einige Überraschungen. Wenn sie auf die härtere Tour stand, konnte er sich auf allerhand gefasst machen.

Zuerst wedelte sie mal seinen Schlappschwanz und frotzelte: "Wie lange wird er wohl Erholungspause brauchen?"

Kess antwortete er: "Das kommt ganz auf dein Geschick an."

Er hat Glück, dachte sie, ich hab nun mal einen guten Tag heute. Mit einem festen Griff um die Wurzel und behutsames Knubbeln der Knollen sorgte sie bald für einen neuen Aufstand. Die Revanche kam. Sie brachte ihn allein mit ihrer Zungenspitze zur Weißgut. Stets fuhr sie nur ganz sacht um den Kranz herum und zupfte das Bändchen wie eine Gitarrenseite. Ein paar Minuten gefiel ihm das Spiel. Dann erst spürte er die Wirkung der Fesseln. Er war fast bewegungsunfähig, konnte nicht zu diesem

Rasseleib greifen und ihn über oder unter sich bringen. Ihr Zungenspiel wurde mit der Zeit zur Folter. In den Lenden zog es immer mehr. Aber die Entspannung wollte einfach nicht kommen. Es war hernach ein Akt der Gnade, dass sie den glühenden Knorpel fest in die Faust nahm und ihn bis zum Abschuss traktierte. Bernd spitze die Lippen. Er wollte ihren Mund küssen.
Ihr helles Lachen ließ ihn erstarren.
"Jetzt kommt der Höhepunkt der Nacht", zischelte sie.
Wie das gemeint war, darüber musste er sich nicht lange den Kopf zerbrechen. Sie angelte seine Brieftasche aus der Jacke und plünderte das Bargeld und die Geldkarten. Von seinem Arm nahm sie Uhr ab. Ihm war sofort klar, in wessen Hände er geraten war. Keinen Moment hielt er es für einen Spaß. Sie rauchte sich eine seiner Zigarren an, hielt die Glut dicht über seine Brust und schnarrte: "Den Geheimcode für die Karten bitte!"
Sein Aufschrei brachte nichts. Sie holte aus ihrer Tasche ein breites Klebeband für seinen Mund. Er konnte nur noch brummen und knurren. Sie hauchte ihm ein Küsschen auf die Stirn und wisperte süffisant: "Es war eine wundervolle Nacht mir dir." Seine Aktentasche mit den

Papieren kippte sie einfach auf den Tisch aus und verstaute darin ihre Beute.

Als Bernd Fillmann allein war, ergab er sich nach Zappeln und Strampeln bald seinem Schicksal.

Erst kurz vor zehn erwachte er. Das Zimmermädchen war eingetreten und nach einem spitzen Aufschrei wieder verschwunden. Klar! Er lag ja immer splitternackt auf dem Bett.

Nach Minuten trat der Geschäftsführer ins Zimmer. Als erstes riss er ihm den Klebstreifen vom Mund. Endlich konnte der Gefesselte sagen, dass die Schlüssel von den Fesseln auf der Fensterbank lagen.

Dass er flehte: "Ja keine Polizei", kam dem Geschäftsführer sehr entgegen. Er telefonierte mit der Rezeption. Es war ja zu erwarten. Als Hotelgast war keine Sissi Uhlmann eingetragen.

Der geheime Alptraum

Über alles tauschte ich mich mit Nicole aus. Wir waren seit der Kindheit die besten Freundinnen, hatten aneinander und mit kleinen Jungs die erste Neugier befriedigt und später bestaunt und bewundert, was sich an unseren Körpern tat, wie die ersten Härchen sprossen und sich die Brüste wölbten. Natürlich tuschelten wir auch später über die ersten richtigen Erlebnisse mit dem anderen Geschlecht. Nie hatte ich das Gefühl, dass sie mir etwas verschwieg, vielmehr den Verdacht, sie überzog manchmal, um mich anzuheizen.

Erst kurz vor meinem zwanzigsten Geburtstag erzählte ich ihr auch in einer stillen Stunde von meinen Alpträumen. Die verfolgten mich, seitdem ich in erotischen Geschichten aus dem alten China gelesen hatte. Da gab es eine Passage, wo der Hausherr eine seiner Nebenfrauen im Garten an den Zaun festband, hoch und weit die Schenkel, damit die ganze Fröhlichkeit ihres Schoßes recht klafften. Den beiden gefiel es, dass er von weitem mit warmen, weichen Pflaumen nach ihrem Pfläumchen zielte. Bei jedem Treffer jubelte er vor Stolz und sie in einem ungeahnten Gefühl.

Genau so vollzog es sich in meinem Traum nicht. Angebunden an Händen und Beinen war ich zwar auch immer, und stets lag mein bestes Stück wie auf dem Präsentierteller, weit und breit, freudig glitzernd. Was die Pflaumen im alten China, war bei mir die Speerspitze eines prächtigen Schweifes. Der Knabe, dem er gehörte, kniete vor mir, schrubbte an sich und traf nur hin und wieder zufällig meine lechzende Pussy. Ich verging fast in meinen Träumen, erwachte allerdings meistens sehr feucht und fröhlich.

Nicol war bei meiner Erzählung sehr still geworden. Als ich endete, bemerkte sie: "Ich bin mir nicht sicher, ob dein Traum aus dem Buch stammt, oder vielmehr einem Wunsch entspringt. Hast du schon einmal gesehen, wie es sich ein Mann selbst macht?"

Der Ton meines Nein musste ihr Bestätigung sein. Das sah ich an ihrem Blick.

Die zweite Null in meinem Leben wollte ich ganz groß feiern. Die Eltern zogen sich am fraglichen Abend dezent zurück und überließen der Rasselbande von mehr als zwanzig Amüsierwütigen Garten und Pool.

Der Abend gelang. Irgendwann, nach zwei, saß ich mit meinem Lover ganz allein auf der Hollywoodschaukel. Nicht einmal verabschiedet hatten sich alle von mir. Im Nachhinein ist mir klar, dass jemand Regie geführt haben musste. Die Schaukel sollte in dieser Nacht zur Folterbank für mich werden. Mathias hängte die Ketten so um, dass wir zusammen mit der Rückenlehne eine ziemlich breite, bequeme Liege hatten. Jetzt wird er dir das Geburtstagsstößerchen zelebrieren dachte ich, weil er in unseren heißen Stunden immer einen Hang zur Feierlichkeit hatte, wenn er mich nahm. Weit gefehlt!

Zuerst wehrte ich mich und schrie: "Mach keinen Quatsch". Dann war ich plötzlich eingefangen von seinem Treiben. Er band mir zuerst die Hände nach oben an das Gestell, dann legte er mir mehrere Decken unter Kopf und Po, drückte meine Schenkel weit und breit nach oben und band sie ebenfalls an. Ich rutschte gedanklich in meinen Traum. Vertrauen hatte ich zu dem Jungen, deshalb sah ich neugierig, sogar ein wenig ungeduldig zu. Ganze Ameisenschwärme zogen bereits tief in meinen Leib hinein. Mein Kopf war so erhöht, dass ich mich selbst an der aufgebrochenen Pussy ergötzen konnte. Michael mussten die Bilder auch heftig unter die Gürtellinie gehen. Seiner Miene und seinem stocksteifen Knorpel nach erwartete ich jeden

Moment einen heftigen Quickie. Es war auch zu erregend, wie sich Pussy im Schein der bunten Lampions in dieser Stellung regelrecht aus den bebenden Leib herausdrückte, sich dem Betrachter in ihrer ganzen Schönheit feilbot, sogar mit einer Winzigkeit des funkelnden Rosa. Genau wie im Traum kniete Michael zwischen meinen Schenkeln und griff fest zu seiner feuerroten Lustwurzel.

Ich keuchte bereits nach den ersten langen, lustbetonten Zügen und seinem Blick, der erst etwas von Peinlichkeit dabei hatte, dann sogar Besitzerstolz. Ganz dicht rückte er zu mir heran und stupste in unregelmäßigen Abständen an mein gutes Stübchen. Ich schaute begierig seinen geübten Händen zu und versuchte mich in Hypnose. Ich bettelte in Gedanken um jeden Stoß. Wenn er kam, ging mir ein Zittern bis in die Herzgegend, bis in die Brüste, die am meisten unter meiner Zwangslage litten. Wären meine Arme frei gewesen, ich hätte sie ohne Rücksicht auf die Männerblicke gewalkt und gedrückt. So aber konnten meine Lippen nicht einmal die sehnsüchtigen Warzen erreichen, und er dachte gar nicht daran, schien immer mehr Gefallen an sein eigenes Spiel zu finden, wenn er auch seine Augen in meine Schönheit verbohrt hielt. Ich sah

es selbst, wie die Schamlippen zu sprechen schienen, wenn mal wieder ein Treffer ankam und sich mein Po auf der weichen Unterlage wohlig wand. Ich war mittlerweile ganz nahe an dem wunderschönen
Punkt und begann zu betteln, dass er mich endlich ausfüllen sollte. Der freche Kerl rutschte noch ein Stück heran, legte den Kobold längst über den Spalt und verriet mir: "Das ist mein Geburtstagsgeschenk und gleichzeitig das von Nicole. Sie hat mir von deinen Träumen geflüstert. Ich soll sie dir austreiben."
"Hast du ja schon", jammerte ich, "komm doch ganz zu mir."
Es gab keine Gnade. Offensichtlich wollte er sich ein Stück zurücknehmen von seiner Aufregung, schaukelte nur sanft in den Hüften, dass sein prächtiger Apparat gerade mal durch die Höhen und Täler schlich, zu meinem Glück wenigstens den Kitzler rieb.
"Ja, schneller", rief ich, viel zu laut für die nächtliche Stille. Wenigstens dieser Bitte kam er nach. Er schickte mich mit bloßem Rubbeln in den siebten Himmel. Oh, ich glaube er hat durch diesen übermütigen Spaß auch für später viel gelernt.

Mein Höhenflug regte ihn augenblicklich auf und an. Er besann sich zurück auf seine Mission. Kaum einen Stups erhielt ich noch, so sehr war er mit sich selbst beschäftigt und ich im optischen Genuss. Überall hin traf es mich. Ich jauchzte auf und hatte das Gefühl, auch die Pussy weinte Freudentränen. Wir hatten zum ersten Mal einen Mann kommen sehen und dazu noch von eigener Hand.

Endlich bekam ich meine Küsschen auf alle vier Lippen. Mir schmerzten zwar langsam die Knöchel, wo die Bänder saßen. Aber als er sich unten festsaugte, mit spitzer Zunge die wilden Locken zu einem Mittelscheitel ordnete und in den lüsternen Seiten zu blättern begann, nahm ich den kleinen Schmerz gern in Kauf. Ich ließ ihn bis gewähren zum nächsten süßen Ende. Immerhin hatte ich wenigstens ein Quäntchen in dem brodelnden Hexenkessel und dazu seine kräftigen Griffe am Po, wo sich immer wieder die Daumen verirrten und einen ganz besonderen Reiz hervorkitzelten, dem ich mit einem Mann auch noch nicht nachgegangen war. Ich griente sicherlich in diesem Augenblick, denn ich nahm mir vor: Wenn du zu feige bist, es ihm selbst zu sagen, erzähl es der Nicole. Die macht ihn vielleicht in ihrer Geschwätzigkeit spitz, dir auch diesen Wunsch zu erfüllen.

Mit Geschwätzigkeit tat ich ihr unrecht. Wir waren alle zusammen gut befreundet. Sie wollte nichts, als mir eine besondere Überraschung zu meinem Geburtstag zu bereiten.

Tage später setzte ich meine Revanche durch. Allein hätte ich es nicht geschafft, den Kerl zu fesseln. Er ergab sich in sein Schicksal und hielt still. Lang ausgestreckt fixierte ich ihm ebenfalls Arme und Beine. Ich hockte mich über seine Brust, dass er seine beste Freundin dicht vor Augen hatte, sie aber nicht mit einem Küsschen treffen konnte. Mit spitzer Zunge umkreiste ich ewig lange seine empfindlichsten Stellen. Oh Gott, das war ein Eigentor. Ich wollte ihn bis zur Ekstase aufschaukeln, spürte aber, ich litt selbst zu sehr darunter. Dennoch ließ ich ihn angebunden, stülpte meinen heißen Muff auf den prächtigen Ständer und genoss es wenigstens, zum ersten Mal ganz allein Tempo und Rhythmus zu bestimmen, ihn immer wieder hinauszuzögern, bis ich meine letzte Kraft gern von mir gab. Gemeinsam mit ihm.

Fesselspiele

Ich lag auf dem Bett, bewegungslos, denn rühren
konnte ich mich nicht mehr, und heiße Wut
kochte in mir. Das sollten leichte Fesselspiele
sein? Schon zu dem, was nach seinen eigenen
Angaben wirklich noch nicht einmal ein richtiges
Bondage sein sollte, hatte Peter mich nur mühsam
überreden können. Am Ende hatte ich mich dann
doch einverstanden erklärt, allerdings nur, um
ihm einen Gefallen zu tun. Ich selbst konnte dem
ganzen Fesseln wirklich nichts abgewinnen. Im
Gegenteil – mich packte die Panik, wenn ich daran
dachte, hilflos gefesselt und einem Mann
ausgeliefert zu sein. Selbst wenn dieser Mann
Peter war, mit dem ich zu diesem Zeitpunkt
bereits seit über einem halben Jahr zusammen
war und dem ich vollkommen vertraute. Ganz wohl
war mir bei dem Gedanken an Fesselspiele nicht,
und am liebsten hätte ich einfach nein gesagt.
Aber Peter sah so schrecklich enttäuscht aus
und versprach mir auch hoch und heilig, er werde
mich sofort aus meinen Fesseln befreien, wenn
ich nur das Wort "Notfall" aussprach. Mit
anderen Worten hatte ich es, Fesseln hin oder
her, jederzeit selbst in der Hand; die Bondage zu
beenden. Mit einer solchen Sicherheit konnte ich

es vielleicht doch einmal wagen, beschloss ich bei mir – und erklärte mich, allerdings noch immer ein wenig widerstrebend, dazu bereit, mich von Peter fesseln zu lassen.

Er holte aus einem verschlossenen Schrank in seinem Schlafzimmer, von dem ich mich schon immer gefragt hatte, was wohl drinnen war, ohne dass ich ihn jemals danach zu fragen gewagt hatte, diverse Utensilien heraus. Da waren etliche breite Ledergurte, Seile, Ketten, Haken und anderes. Sogar ein Paar Handschellen sah im Dunkel des Schranks aufblitzen, doch die holte er zum Glück nicht hervor. Das war mir sehr recht so; mit Handschellen wollte ich nun doch nicht gefesselt sein! Anschließend diskutierten wir darüber, was ich für unsere Bondage anhaben sollte; falls überhaupt etwas. Peter schlug mir vor, dass ich meinen schwarzen Body mit dem Spitzeneinsatz oben und über den Brüsten anziehen sollte. Er meinte, der würde am besten zu den schwarzen Ledermanschetten und den roten Seilen passen, die er zu verwenden gedachte. Ich war es zufrieden und schlüpfte in den Body.

Anschließend musste ich mich aufs Bett legen und alle Viere von mir strecken. Peter legte mir an Hand- und Fußgelenken Ledermanschetten an. Die

22

hatten jeweils so komische Metallringe auf einer Seite. In diese klinkte er metallene Haken ein. Dann musste ich mich noch einmal aufrichten, und er schlang mir zwei rote Seile so kunstvoll um den Oberkörper, mal oberhalb meines Busens, mal unterhalb, dass sich ein richtig interessantes rotes Muster aus Seilen auf meinem schwarzen Body bildete. Nun durfte ich mich wieder hinlegen. Dabei merkte ich dann schon, wie eng die Seile um meinen Körper herum lagen. Es machte mir das Atmen schwer, und ich wurde das erste Mal ungehalten. Dabei hatten die eigentlichen Fesselspiele gerade erst begonnen, wie ich noch bemerken sollte. Denn nun befestigte Peter dicke, schwere Ketten an den Haken an meinen Lederfesseln, die er so um die Füße des Bettes herum legte, dass sie bei jeder Bewegung meinerseits klirrten. Und mich darüber hinaus auch auf dem Bett festhielten. Schon als er mein linkes Handgelenk derart fixiert hatte, konnte ich nicht mehr aufstehen, und als alle vier Gliedmaßen gefesselt waren, war es nun vollends aus mit jeder Form, mich zu rühren. Energisch sträubte ich mich, versuchte, das Ausmaß der Freiheit herauszufinden, das die Fesseln mir ließen. Es war minimal. Das gefiel mir nicht!

Kaum war die Fesselung fertig, verließ Peter kurz das Zimmer – und ich raste vor Wut. Was, wenn ich jetzt sofort befreit werden wollte? Wenn ich jetzt mein Safeword "Notfall" benutzte? Er war ja gar nicht da, um die Bondage zu lösen! Ich stemmte mich gegen die Fesseln, zerrte und zog, aber da rührte sich gar nichts. Er hatte mich so gefesselt, dass ich mich wirklich nicht mehr bewegen konnte. Und das machte mich rasend! Oder gefiel es mir doch, vielleicht ein ganz kleines bisschen? Zwischen meinen weit gespreizten Beinen spürte ich ein ganz merkwürdiges Kribbeln. Irgendwie war es faszinierend, diese Bondageseile und Lederriemen zu spüren, das Klirren der Ketten zu hören, das ich mit jeder Bewegung auslöste, auch der kleinsten. Wenn nur Peter da gewesen wäre, dann hätte die Fesselung mich sogar richtig erregt. Aber ich wollte hier nicht alleine gefesselt auf dem Bett herumliegen! Noch einmal zerrte ich an der Bondage, und wieder vergebens.

Endlich kam Peter zurück und setzte sich zu mir aufs Bett. "Na, soll ich dich jetzt befreien?", fragte er und begann damit, mir ganz sachte über dem Body meinen Schritt zu streicheln. Oh nein, nein – wenn er mir solche Aufmerksamkeiten schenkte, dann blieb ich dafür nur zu gerne gefesselt! Ich entspannte mich. Und kaum griff die Entspannung um sich, kamen mir die Fesseln auf einmal nicht einmal mehr halb so schlimm vor. Gut, sie hielten mich fest, sie sorgten dafür, dass ich das Bett nicht verlassen konnte. Aber das war ja schließlich auch gar nicht meine Absicht! Je länger Peter mich streichelte, desto erregter wurde ich, und mir war sehr wohl klar, dass auch die Bondage ihren Teil dazu mit beitrug, dass ich eine solche Lust empfand. Irgendwann wurden die Fesseln wieder lästig; als sich mit steigender Erregung mein Körper sozusagen selbstständig machte, als ich mich hin und her werfen wollte, mich winden und mich aufbäumen. Das verhinderten die Seile weitgehend. Merkwürdigerweise erhöhte aber gerade das meine Lust noch einmal; und endlich erlebte ich das, wovon Peter vorher öfter mal so stolz gesprochen hatte – die lustvolle Freiheit in Fesseln. Muss ich noch erwähnen, dass wir seitdem die Bondage zu einem festen Bestandteil unseres erotischen Lebens gemacht haben?

Das geile Seilhöschen

Es war eine ziemlich dumme Wette; und ich habe sie haushoch verloren. Die Konsequenzen trug ich sozusagen automatisch; und zwar gleich im doppelten Sinn. Mein Freund und ich, wir stehen auf Fesselspiele. Also um das genauer zu sagen, wir stehen darauf, dass er mich fesselt. Die Bondage andersherum, dass ich ihn fessele, das haben wir noch nicht ausprobiert, und das reizt uns auch alle beide nicht. Das liegt unter anderem daran, dass mein Freund ein echter Künstler ist. Er hat schon mehrere Bondage Workshops mitgemacht und beherrscht es wirklich, mich nicht nur mit Hilfe von Seilen bewegungslos zu fesseln, sondern das auch noch hübsch aussehen zu lassen.

Er schlingt die Bondageseile um meinen Körper, dass das Ergebnis ein richtiges Kunstwerk ist. Ich darf mich nachher immer entweder im Spiegel betrachten, so ich noch kann, oder er knipst Bilder von mir in Fesseln, deshalb kann ich das beurteilen. Ich besitze schon einen ganzen Stapel dieser Bondagebilder.

Weil sie mir so gut gefallen, habe ich neulich mal gesagt, wie schade ich das finde, dass nur wir beide, er und ich, das Ergebnis zu sehen bekommen. "Bondage in der Öffentlichkeit – das wäre mal was!", habe ich geschwärmt. Ich habe gleich gesehen, wie es bei meinem Freund "Klick" gemacht hat. Er war am Grübeln, wie er das wohl bewerkstelligen kann. "Das schaffst du nicht", bemerkte ich kichernd. "Die Fesselspiele sind nur für uns beide und für niemanden sonst.

"Abwarten", war sein einziger Kommentar dazu. Spätestens zu diesem Zeitpunkt hätte ich merken müssen, er hatte bereits einen Plan. Aber ich war mir so sicher, dass es keine Möglichkeit gäbe, mich gefesselt anderen vorzuführen, dass ich ihm ganz siegesbewusst eine Wette vorgeschlagen habe, er würde es nicht schaffen. Als dann fast zwei Wochen vergingen und nichts geschah, was irgendwie mit Fesselspielen in der Öffentlichkeit zu tun hatte, hielt ich die Wette für mich bereits für gewonnen. Auch wenn er, als er sich darauf eingelassen hatte, sich einen Zeitraum von einem Monat ausbedungen hatte für die Realisierung.

Ja, und dann kam der Samstag, wo er mir abends, so gegen sieben, sagte, nun sei es soweit, und ich solle mich bereit machen. Was ich unter "bereit machen" zu verstehen hatte, wusste ich genau. Ich sprang unter die Dusche, wusch mich nicht nur gründlich, sondern rasierte mich auch zwischen den Beinen und unter den Armen, und dann machte ich mich fein, mit einem scharfen schwarzen Spitzenhöschen, einem passenden BH und einem schicken Lederkleid, dazu passende halterlose Nylonstrümpfe und hochhackige Pumps. Als ich in dieser Aufmachung ins Wohnzimmer zurückkam, warf mein Freund einen kritischen Blick auf mich. "Das Kleid ziehst du erst einmal wieder aus", sagte er dann. Ich wusste zwar nicht, was das sollte, aber ich gehorchte. Nun stand ich in Unterwäsche und Nylons vor ihm. "Und das Höschen muss auch weg", ergänzte er. Das verstand ich ja nun gar nicht, was das sollte; auch wenn ich schön brav das Höschen auszog. Und meine Verwirrung stieg noch an, als er auf einmal an unsere kleine Truhe mit unseren Spielzeugen ging und ein langes, rotes Bondageseil herausholte.

"Ich wollte dir doch beweisen, dass man Bondage auch in der Öffentlichkeit machen kann", erklärte er. "Wir werden gleich ausgehen." Ich starrte ihn an. Er hatte doch nicht etwa vor, mich nackt und gefesselt durch die Straßen zu führen? Mein Gesichtsausdruck musste mein Entsetzen nur allzu deutlich gezeigt haben, denn er fügte hinzu: "Keine Sorge – das Kleid kannst du nachher wieder anziehen." Nun verstand ich gar nichts mehr. Er kam zu mir, das Seil in der Hand, und forderte mich auf, ruhig stehen zu bleiben und die Beine breit zu machen. Ich gehorchte; inzwischen war ich ja selbst neugierig darauf, was er sich da wohl ausgedacht hatte. Er legte das Seil doppelt und führte es um meine Taille herum. Nachdem es dort befestigt worden war, führte er es durch meinen Schritt nach hinten, verknotete es an dem Gürtel aus Seil in meiner Taille, legte es wieder nach vorne und fixierte es ebenfalls an der Taille. Gleich zweimal führte nun das Seil direkt durch meine Muschi. Aha – nun trug ich also eine Art Seilhöschen. Das war ja ganz nett; auch wenn es in Sachen hohe Kunst der Japanbondage ganz bestimmt eine Übung für Vorschüler war.

Jetzt kannst du das Kleid wieder anziehen", sagte er anschließend. Etwas verächtlich war der Blick, den ich ihm zuwarf. Das sollte also seine Bondage in der Öffentlichkeit sein? Klar, ich war gefesselt, wenn wir jetzt gleich ausgingen, was er ja angekündigt hatte. Aber davon bekam doch niemand etwas mit! Wo also lag der Sinn dieses Seilhöschens? Ich muss allerdings gestehen, ich hatte es total unterschätzt, was für eine ungeheuer intensive Wirkung es hat, wenn einem als Frau ein Seil direkt durch den Schritt geführt wird. Da wird dann wirklich bei jedem Schritt der Schritt gereizt, wenn ihr wisst, was ich meine … Irgendwie hatte es mein Freund geschafft, die Seile so zu platzieren, dass sie bei jeder Bewegung meinen Kitzler rieben. Schon bevor wir aus dem Haus gingen war ich total nass da unten. Unterwegs wurde es noch viel schlimmer. Bald lief mir der Muschisaft sozusagen in Strömen die Schenkel herunter, und ich war so erregt, dass ich mich zwingen musste, mir nicht vor aller Augen zwischen die Beine zu fassen. Ich wusste jetzt also, dass Bondage in der Öffentlichkeit ganz schön aufregend sein kann.

Einen Trumpf hatte ich jedoch noch. "Aber gesehen hat das ja wieder keiner", verkündete ich irgendwann mit einem frechen Grinsen und versuchte dabei, mich von dem Seil in meinem Schritt nicht so sehr ablenken zu lassen, dass ich ins Stottern kam. "Auch das werden wir gleich ändern", meinte er daraufhin nur lässig. "Oder was glaubst du wohl, wo wir jetzt hingehen?" Fragend sah ich ihn an, aber er verriet mir gar nichts. Erst als wir dann vor der großen Halle standen, wo er am Eingang für uns zwei Eintrittskarten abholte, und er mich anschließend in eine Art Umkleidekabinen schleppte, wo an der

Wand auch die Poster hingen, verstand ich, was er gemeint hatte. In der Halle lief nämlich gerade eine Fetisch Party. Und da war als künstlerische Einlage unter anderem eine Bondage Performance angekündigt. Mir schwante schon etwas, und mein Freund bestätigte es mir. Er würde mich hier, vor allen Leuten, kunstvoll verknoten. Und damit hatte ich dann meine Bondage in der Öffentlichkeit gleich doppelt bekommen. Irgendwie wurde bei dem Gedanken daran mein Seilhöschen noch ein bisschen nasser …

Am Strand

Mehr als das leise Rauschen des Meeres war nicht zu hören, als Emilia und Marvin langsam Hand in Hand den Strand entlang spazierten. Es war früh am Morgen, sodass sie an dem weißen langen Sandstrand ganz allein waren. Die Sonne stand schon hoch am Himmel und sorgte für angenehme Wärme, weshalb das Pärchen nicht mehr als knappe Badeklamotten trug.
Emilia war 25 und hatte einen wundervollen Körper. Mit 1,70 war sie nicht gerade klein und ihre 55 Kilogramm verteilten sich gut. Ihr Busen war zwar nicht groß, dafür aber schön fest und mit niedlichen rosafarbenen Nippeln versehen, die sich von der makellosen, leicht gebräunten Haut abhoben. Ebenfalls rosa waren ihre kurzen frech gestylten Haare. Lediglich ein knapper Schnürbikini bedeckte ihre Blöße.
Marvin war ein Jahr älter als seine Freundin, mit der er nun schon fast 4 Jahre zusammen war. Auch er brauchte seinen Körper nicht zu verstecken. Er war etwa 1,85 groß und hatte einen schlanken und muskulösen Körper. Seine mittellangen Haare waren kastanienbraun, während die Augen tiefblau waren. Neben einer

Silberkette, einem Geschenk von Emilia, trug er nur noch eine Badehose und einen Rucksack.

„Eine kleine Überraschung", hatte Marvin seiner Liebsten am Abend zuvor versprochen und so war sie doch ein wenig erstaunt, als er mit ihr nach dem Frühstück spazieren ging. Sie hatte erwartet, dass sie wieder im Bett landen würden, wo er sie dann verwöhnen würde, wie er es so oft tat. Die Spannung zwischen den Beiden war deutlich zu spüren. Während Emilia sich Gedanken machte, was die Überraschung beinhalten könnte, hoffte Marvin, dass sie gelingen würde.

Nach etwas weniger als einer Stunde deutete Marvin seiner Freundin anzuhalten. Vor ihnen erhoben sich mitten im Sand zwei, etwa einen Meter von einander entfernte, große Palmen. Diese waren so gewachsen, dass sie sich knapp zweieinhalb Meter über den Boden kreuzten. Emilia sah Marvin an und fragte ihn, was er hier wolle. Doch anstatt zu antworten, stellte er den Rucksack ab, öffnete ihn und holte die Ledermanschetten heraus, die sie für ihre Fesselspielchen nutzten.

„Was?" Ungläubig sah Emilia ihren Freund an. „Du willst mich hier draußen fesseln?" Schon oft hatten sie sich gegenseitig gefesselt und ein wenig softes SM betrieben. Auch hatten sie schon Erfahrung mit Sex im Freien gesammelt. Beides zusammen, das war neu. Zudem war der Ort den sich Marvin ausgesucht hatte nicht gerade versteckt, sondern viel mehr mitten am Strand und von allen Seiten gut einsehbar. „Was ist, wenn uns jemand entdeckt?", fragte sie ihn. „Vergiss nicht, dass wir den- oder diejenige dann auch sehen können. Außerdem muss man doch schon etwas näher ran kommen, damit man erkennen kann, was wir hier machen und bis es soweit ist, hab ich dich doch schon längst befreit." „Meinst du wirklich?", hakte Emilia immer noch unsicher nach. „Ja, meine Süße." Sanft küsste Marvin ihre Stirn. „Na gut", gab sie schlussendlich nach. „Aber ich bleibe angezogen. Du darfst nur unter meinem Bikini mit mir spielen, verstanden?" Nachdem Marvin dem zugestimmt hatte, durfte er sie fesseln. Zuerst legte er ihr die Ledermanschetten um Hand- und Fußgelenke. Während er für letztere vor ihr auf die Knie ging, konnte er an einem kleinen dunklen Fleck zwischen Emilias Beinen erkennen, dass die Situation sie trotz ihrer Nervosität erregte. Mit einem Karabinerhaken verband er die Handfesseln vor ihrem Bauch miteinander und befestigte dann ein Seil daran.

Das andere Ende des Seils warf er über die Stelle, wo sich die Palmen kreuzten. Nachdem er ein kurzes Stück hoch geklettert war, konnte er es dort auch fest machen, sodass Emilias Arme nach oben gefesselt waren. Noch waren sie nicht gestreckt, doch auch das sollte sich noch ändern. Mit je einem Seil versah Marvin die Fußfesseln und band sie dann getrennt an die Stämme der Palmen, wodurch Emilia noch ein Stück nach unten gehen musste. Zufrieden trat Marvin zurück und besah sich seine Freundin, die nun, mit hoch gestreckten Armen und gespreizten Beinen, gefesselt vor ihm stand.

„Eine kleine Sache fehlt noch", bemerkte Marvin und holte aus seinem Rucksack ein Seidentuch. „Nicht die Augen verbinden", beschwerte sich Emilia. „Ich will sehen, wenn jemand kommt." Doch Marvin reagierte ganz gelassen darauf: „Ist doch egal, ob du jemanden siehst oder nicht. Immerhin kann nur ich dich befreien, hm?" Mit diesen Worten legte er ihr das Tuch um die Augen, sodass sie nichts mehr sehen konnte. „Außerdem hast du ja noch das Codewort, wenn du befreit werden willst."

Sogleich machte er sich daran, Emilia sanft zu streicheln und mit Küssen zu verwöhnen. Seine Lippen und Fingerspitzen wanderten über ihr

Gesicht, ihren Hals, den sichtbaren Teil ihres Busens und ihren Bauch - immer tiefer. Sie genoss jede seiner Berührungen sichtlich und streckte ihm ihren Körper entgegen. Knapp über dem Bund ihres Bikini-Höschens hörte er auf, um dann an ihren Füßen weiter zu machen und sich langsam wieder an ihren Beinen herauf zu arbeiten. Besonders ihre Oberschenkelinnenseiten streichelte und küsste er zärtlich, ohne jedoch ihre heiße Schnecke, die überzukochen schien, zu beachten. Immer wenn er sich von einem Knie bis auf wenige Millimeter an ihr verdecktes Heiligtum genährt hatte, begann er das Spiel auf der anderen Seite erneut. In der Folge dieser Behandlung stieg ihre Erregung ins Unendliche.

„Na, willst du, dass ich dein kleines Schneckchen etwas verwöhne?", fragte er sie süffisant. Mehr als ein gehauchtes „Ja" bekam sie nicht heraus. „Tja, das würde ich ja gern, aber leider ist mir dein Bikini im Weg", meinte er und strich dabei sanft über den mittlerweile recht großen feuchten Fleck auf ihrem Höschen. „Du bist so gemein", erwiderte Emilia beleidigt. „Du willst doch nur, dass ich dir erlaube mich auszuziehen." „Ganz und gar nicht", meinte Marvin. „Ich will, dass Du darum bettelst." Mit diesen Worten umkreiste er sie und stellte sich hinter sie. Mit einer Hand ergriff er ihren linken Busen, um ihn sanft zu massieren und seine andere Hand fing an, sie wieder knapp neben ihrer Spalte zu streicheln. Unterdessen küsste er ihren Hals. Emilia wurde immer erregter und merkte, dass sie einfach nicht widerstehen konnte. „Ok ok... Bitte Schatz, zieh mich aus. Mach mich nackig", bettelte sie.

Zufrieden lächelnd wollte er gerade nach der Schleife greifen, der ihr Bikini-Top zusammen hielt, als er es sah. Ein kleines Fischerboot mitten auf dem Meer. Es war etwa 200 Meter entfernt und schien nicht mehr als einen einheimischen Fischer zu transportieren. Warum war ihnen der Kutter nicht schon früher aufgefallen? Marvin war erst verwundert, musste dann aber spontan grinsen. „Natürlich ist mir dein Wunsch Befehl meine Süße, aber ich sollte dich wohl fairer Weise darauf hinweisen, dass wir nicht ganz unbeobachtet sind." „Was?", fragte Emilia hektisch. „Ich dachte du bindest mich los, wenn jemand vorbei kommt." „Das ist wohl wahr. Aber es ist ja niemand vorbei gekommen. Vielmehr werden wir von einem Fischer beobachtet, der auf seinem Boot sitzt", gab Marvin zurück. „Ich denke, wir sollten ihm eine kleine Show bieten." Während er das sagte, löste er langsam die Schleife. „Schatz, nein, bitte nicht", fing sie an zu betteln. Ohne sein Vorhaben zu unterbrechen antwortete er gelassen: „Wenn du etwas wirklich nicht willst, hast du immer noch dein Codewort. Bisher habe ich es nicht gehört." Emilia war hin- und hergerissen. Die Situation erregte sie ungemein, aber dennoch war schon allein der Gedanke bei so intimen Spielchen beobachtet zu werden sehr peinlich. Dennoch schwieg sie und nahm mit einem mulmigen Gefühl im Bauch wahr, wie die Schleife aufging und die Stoffdreiecke leicht von ihren Brüsten rutschten. Nur noch eine Schleife hinter ihrem Hals hielt das Oberteil an Ort und Stelle. Schon machte sich Marvin auch daran zu schaffen und nur wenige Sekunden später glitt der Stoff von ihrem Körper und ihr Busen war allen Blicken schutzlos ausgeliefert. Frech streckte er sich der Sonne entgegen und die Brustwarzen stellten sich keck auf.

„Bleibt noch ein Kleidungsstück über", bemerkte Marvin und wandte sich dem Höschen zu. Während er die Schleifen links und rechts löste, wagte Emilia kaum zu atmen und noch bevor sie sich auf das Kommende eingestellt hatte, war das letzte Stück Stoff von ihrem Körper verschwunden. Extra für Marvin und die „Überraschung" hatte sie sich blitzblank rasiert, doch nun sah ein völlig Fremder ihre kleine süße haarlose Spalte. Sie spürte förmlich die Blicke auf ihrem Venushügel und den verräterisch feucht glänzenden kleinen Schamlippen, die vorwitzig zwischen den großen hervorschauten. Marvin, der sich die ganze Zeit hinter Emilia aufhielt, um seinem „Zuschauer" nicht im Blickfeld zu stehen, streichelte sanft über ihre Pobacken. „Ich denke, du hast dir mit deinen Widerworten eine kleine Strafe verdient", meinte er. „10 mit dem Paddel dürften fair sein, oder?" Ohne eine Antwort abzuwarten holte er aus dem Rucksack ein Lederpaddel. Emilia und ihr Po kannten das Paddel gut, war es doch Marvins Lieblingsschlaginstrument. Es ging bei dem Spanking, das er ihr gelegentlich verabreichte, weniger um Schmerzen, als vielmehr um die Demütigung.

Schon hatte er seitlich neben ihr Stellung bezogen und mit dem Paddel ausgeholt. Dann klatschte es zum ersten Mal an diesem Tag auf ihre schutzlos dargebotenen Pobacken. Wie immer hatte er nicht fest zugeschlagen, aber die Tatsache beobachtet zu werden, vergrößerte die empfundene Demütigung. „Eins, danke", zählte

Emilia mit. Nach und nach verabreichte Marvin seiner Freundin die 10 Schläge, sodass ihr Po am Ende einen leicht rosanen Farbton aufwies. Nachdem Marvin das Paddel weggelegt hatte, trat er wieder an Emilia heran. „Na meine Süße, alles ok bei dir?", fragte er und strich fast beiläufig über ihre feuchten Schamlippen. „Dir scheint die Behandlung zu gefallen. Da will ich doch gleich mal ‚Little John' holen und dich etwas verwöhnen. Deshalb habe ich dich ja schließlich ausgezogen." Diese Worte riefen auch Emilia wieder den eigentlichen Grund für ihre Entkleidung ins Gedächtnis und sofort schoss ihr eine Blutwelle in den Kopf. Nachdem sie vor einem Fremden nackt gezüchtigt wurden war, sollte sie auch noch vor ihm zum Orgasmus kommen. Doch sie war längst viel zu erregt, um in irgendeiner Weise zu protestieren.

Sie merkte, wie sich Marvin von hinten eng an sie schmiegte und ‚Little John', ihren Vibrator, auf ihrem Körper tanzen ließ. Marvins steifer Zauberstab presste sich indes durch den Stoff seiner Badehose gegen ihren Po. Während er anfing, an ihrem Ohrläppchen zu knabbern führte er den Vibrator zwischen ihre Beine und ließ ihn dann langsam in ihre Spalte gleiten, was Emilia ein wohliges Stöhnen entlockte. Er schaltete den künstlichen Freudenspender ein und fing an, ihn rein und raus zu bewegen. Unterdessen beschäftigte sich die freie Hand erst mit ihrem Busen, um dann tiefer zu gleiten und ihre Perle zu massieren. Für Emilia begann die Welt um sie herum zu versinken. Stöhnend ließ sie sich fallen, während Marvin den Vibrator auf die höchste Stufe stellte und sie immer heftiger damit reizte. Alles war Emilia in diesem Moment egal. Jeder hätte ihr zusehen können.

Hemmungslos stöhnend warf sie ihren Kopf in den Nacken, als sie die Schwelle zum erlösenden Orgasmus übertrat. Jede Zelle ihres Körpers schien zu tanzen während sich ihre Scheidenmuskulatur rhythmisch zusammen zog und entspannte. Ihr kam es wie eine Ewigkeit vor, bis der Höhepunkt abgeklungen war und Marvin langsam den Vibrator entfernte. Nachdem sie sich wenige Sekunden erholt hatte, wurde ihr klar, was gerade geschehen war. Bei dem Gedanken an den Zuschauer lief sie knallrot an und hätte sich in diesem Moment am liebsten in einem Mauseloch verkrochen, doch sie war immer noch gefesselt und den Blicken schutzlos ausgeliefert, während Marvin nicht daran interessiert schien, daran so schnell etwas zu ändern.

Als hätte er alle Zeit der Welt, räumte er langsam alles zusammen und ließ Emilia noch ein wenig ausharren. Nach einer gewissen Zeit, die Emilia wie eine halbe Ewigkeit vorkam, kam er zu ihr und zog ihr erst das Bikini-Höschen und dann das Oberteil wieder an. Schließlich löste er die Fesseln und zum Schluss nahm er ihr das Seidentuch und die Ledermanschetten ab. Nachdem sich Emilia wieder an das Sonnenlicht gewöhnt hatte, sah sie hinaus in Richtung Meer und erblickte nun auch den Fischer, der sie die ganze Zeit beobachtet hatte. ‚Er war also wirklich da', dachte Emilia, die zumindest teilweise gehofft hatte, dass Marvin ihn nur erfunden hätte, und wurde wieder rot wie eine Tomate.

„Du warst wunderbar. Ich bin so stolz auf dich, meine Kleine." Sanft küsste Marvin seine Liebste und ging dann mit ihr Hand in Hand wieder zurück zum Hotel, wo beide duschten und anschließend übereinander her fielen.

Babysitter

Außer Lisa brauchte wohl keine Teenagerin im Alter von 18 Jahren eine Babysitterin oder musste um 22.00 am Wochenende im Bett liegen, aber ihre Eltern sahen das etwas anders. Sie hatten ihre Tochter von Anfang an streng erzogen und wollten die aufgestellten Regeln auch zu jeder Zeit gewahrt wissen. Deshalb hatten sie Jennifer engagiert und diese hatte mit ihrer „scheiß-freundlichen" Art, wie Lisa es nannte, ihre ‚Arbeitgeber' schnell um den kleinen Finger gewickelt. Sie nutzte jede Gelegenheit Lisa zu schikanieren und sie bei ihren Eltern anzuschwärzen, was meist zu einer Bestrafung führte.

Das Bestrafungsrepertoire umfasste alles von Strafarbeiten über Stubenarrest bis hin zur altbewährten Prügelstrafe. Lisas Eltern waren sehr konsequent bei der Durchführung der Strafen. Eines Abends hatte sich Lisa mit zwei Freundinnen zu einer Party geschlichen und als sie gegen halb eins wieder kamen, saßen ihre Eltern, die Eltern der beiden Freundinnen und Jennifer wartend im Wohnzimmer. Bevor Lisa überhaupt hätte etwas sagen können, hatte ihr Vater sie gepackt, über sein Knie gelegt und ihren Po vor allen Anwesenden entblößt, was Lisa die Schamesröte ins Gesicht getrieben hatte. Danach hatte er ihrem Hinterteil im Beisein aller mit kräftigen Schlägen eine rote Farbe verpasste, während die Delinquentin strampelte. Nachdem das Klatschen und das Schreien verstummt waren, musste die bis auf die Knochen blamierte Lisa mit hochrotem Kopf ohne Umwege in ihr Zimmer. Für diese Demütigung hasste Lisa Jennifer, aber sie hatte keinerlei Machthabe gegen sie. Ihre Eltern glaubten doch mehr dem Wort der Babysitterin als dem ihrer eigenen Tochter.

„So, Licht aus! Kleine Mädchen müssen jetzt schlafen", sagte Jennifer belustigt. Danach betätigte sie den Lichtschalter und schloss die Tür hinter sich. Pünktlich, wie immer, hatte sie Lisa ins Bett gebracht. Nun konnte sich die 25 jährige Lehramtsstudentin im Gästezimmer einen schönen Abend machen und auf Lisas Eltern warten, die eh nicht vor Mitternacht zu Hause sein würden. Sie machte es sich auf dem Bett bequem und schaltete den Fernseher ein um zu schauen, ob etwas Vernünftiges lief. Doch wie so oft langweilte sich Jennifer aufgrund des miesen Programms und beschloss sich selbst ein wenig zu verwöhnen. Sie schnappte sich ihre Tasche und hatte im Handumdrehen „Leo", ihren Vibrator, herausgeholt. Zwar hatte sie mit ihrem schlanken Körper keine Probleme Jungs kennen zu lernen und ihre rehbraunen Augen hatten schon so manchem Kerl den Kopf verdreht, aber gegen die Freuden, die sie sich mit ihrem kleinen Spielzeug bereiten konnte, war kein männliches Wesen in der Lage mithalten.

Bedacht langsam zog sich Jennifer aus und streichelte sanft ihren Körper. Besonders die Brustwarzen ihrer großen festen Brüste reagierten sensibel auf die Stimulation und richteten sich hart auf. Als ihre rechte Hand dann auch noch in das Höschen entlang dem Schamhaarstreifen zu den feuchten haarlosen Schamlippen glitt, entwich ihr ein lustvolles Stöhnen. Kurze Zeit später entledigte sie sich auch ihres letzten Kleidungsstücks und führte „Leo" an ihr Heiligtum, in das er sich problemlos einführen ließ. Dann brachte sie sich mit wilden Stößen zum Orgasmus, während die andere Hand ihren Busen massierte.

Nachdem sich der nackte verschwitze Leib der Studentin abgekühlt hatte, ging Jennifer mit einem zufriedenen Lächeln ins Bad, um sich zu duschen. Der Tatsache, dass das Licht im Bad eingeschaltet war, schenkte sie nur kurz Beachtung. Sie ging davon aus, dass Lisa vergessen hatte es nach dem Zähneputzen auszuschalten. Sie stieg in die Duschkabine, gönnte ihrem Körper eine wohltuende Dusche und ließ sich dann frisch angezogen mit einer kühlen Cola wieder im Gästezimmer nieder, wo sie auf Lisas Eltern wartete.

Gegen halb Zwei kamen Lisas Eltern wieder. Sie erkundigten sich, wie der Abend verlaufen sei. Nachdem Jennifer erklärt hatte, dass alles Bestens gewesen sei, holte Herr Schneider seine Brieftasche hervor und bezahlte Jennifer, welche sich nach einer kurzen Verabschiedung auf den Heimweg machte. An die einstündige Straßenbahnfahrt hatte sich Jennifer schon gewöhnt, sodass sie ein Buch heraus holte und mit Lesen die Zeit überbrückte, bis sie zu Hause war. Sie wohnte in einer kleinen gemütlichen Einraumwohnung in einem Neubau am Rande der Stadt. Eine typische Studentenbude.

Einen Tag bevor Jennifer wieder auf Lisa aufpassen sollte, fand sie in ihrem Briefkasten ein mysteriöses Kuvert mit ihrem Namen darauf. Außer diesem stand nichts weiter auf dem Umschlag, sodass Jennifer ihn, neugierig öffnete. Sie entnahm dem Brief ein Foto, doch schon nach einem flüchtigen Blick, der ihr das Herz in die Hose rutschen ließ, schob sie das Foto direkt

zurück, rannte die drei Treppen zu ihrer
Wohnung und setzte sich im Schlafzimmer auf
ihr Bett, wo sie erst einmal tief durchatmete.
Dann holte sie wieder das Bild hervor und
betrachtete es genauer. Sie selbst war darauf zu
sehen, wie sie sich hemmungslos ihren künstlichen
Freudenspender in ihre klitschnasse Schnecke
trieb. Man konnte einfach alles auf dem Foto
erkennen und der Gedanke, bei einem solch
intimen Moment beobachtet und sogar
fotografiert wurden zu seien, ließ Jennifer bis
zum Haaransatz erröten.
Aufgrund der Perspektive, aus der das Bild
gemacht wurden war, konnte Jennifer
schlussfolgern, dass der Urheber dieses
Schnappschusses von der Tür aus geknipst hatte
und ein beigelegter Brief bestätigte ihren
Verdacht, dass es sich bei diesem Urheber um
Lisa handelte. Mit immer größer werdenden
Augen las sie die folgenden Zeilen:
„Na du superperfekte, unübertreffliche
Aufpasserin,
wie geht es dir nachdem du das Foto gesehen
hast? Scheint so, als ob du doch nicht so toll bist,
wie du immer vorgibst zu sein, hm?
Ich denke, dass es Zeit wird, dir ein paar
Manieren beizubringen. Deshalb wirst du morgen

ganz normal zu uns kommen, um auf mich aufzupassen und sobald meine Eltern gegangen sind, wirst du alles - ohne Widerworte - tun, was ich sage. Solltest du das nicht tun, so wird dein kleines Geheimnis bald nicht mehr so geheim sein, dann dann werde ich Kopien von dem Foto überall verteilen.

Deine Nemesis

PS: Bring dein kleines Spielzeug mit! Dieses Mal werden wir zusammen spielen..."

Noch eine ganze Weile saß Jennifer auf ihrem Bett und starrte auf die Zeilen des Briefes, welchen sie mit zitternden Händen festhielt. Ihre Gedanken überschlugen sich bei der Suche nach einem Ausweg, doch jede Möglichkeit musste sie sofort verwerfen. Einfach nicht hingehen, hätte zur Folge, dass Lisa das intime Foto an alle möglichen Menschen schicken würde. Jennifer war sich sicher, dass es sich dabei um keine leere Drohung handelte. Auch die Idee, mit Lisas Eltern zu sprechen, verwarf sie schnell. Sie konnte sich nicht einmal ansatzweise vorstellen, wie sie diesen streng-konservativen Menschen beibringen sollte, dass sie in deren Haus masturbiert hatte. Die letzte Möglichkeit war, mit Lisa zu sprechen und die ganze Geschichte anderweitig aus der Welt zu schaffen, aber die Chancen auf Erfolg waren sehr gering.

Dennoch musste Jennifer es versuchen. Mit klopfendem Herzen und zitternden Knien ging sie zum Telefon und wählte die Nummer von Lisas Elternhaus. Es klingelte nur kurz, eh Lisas Vater abnahm: „Schneider, Guten Abend." „Guten Abend, Herr Schneider. Hier ist Jennifer", gab sie zurück. „Hallo, Jennifer. Warum rufst du denn an? Kannst du morgen doch nicht auf Lisa aufpassen? Weil wenn, dann hättest du das -", fing er an, sich zu beschweren, doch Jennifer beruhigte ihn schnell. „Nein, nein. Ich bin morgen wie gewohnt da. Ich wollte nur schnell etwas mit Lisa besprechen. Könnten Sie sie bitte ans Telefon holen?" „Wenn's denn sein muss", raunte er und dann hörte Jennifer, wie er den Hörer neben das Telefon legte und die sich entfernenden Schritte. Einen Moment später war auch schon Lisa dran. „Was willst du?", kam sofort die Frage in einem unfreundlichen Ton. „Ich wollte dich fragen ob wir das mit dem Foto nicht ... ähm ... irgendwie anders lösen könnten", antwortete Jennifer mit schwankender Stimme. „Nein. Du wirst das machen, was in dem Brief steht oder die Fotos gehen raus, verstanden?" Lisas Stimme war hart und

bestimmt. „Und was ist, wenn ich dir Geld geben",
versuchte Jennifer es erneut. „Nein! Mach das,
was ich dir geschrieben habe. Bis morgen will ich
nichts mehr von dir hören." Dann hatte Lisa
aufgelegt.

Mit hängendem Kopf ließ Jennifer den Hörer
sinken. Über eine Stunde verbrachte sie am
Abend mit einem ziellosen Spaziergang, auf
welchem sie über das Kommende nachdachte. Sie
hatte es bereits als unausweichlich akzeptiert,
sodass sich ihre Hoffnungen darauf
beschränkten, dass es nicht so schlimm werden
würde. Wirklich schlafen konnte sie in dieser
Nacht nicht und so war sie froh, dass der
folgende Tag ein Samstag war, an dem sie nicht
zur Uni musste. Wie sie den Tag einigermaßen
rum bekommen, hatte ohne abzudrehen, konnte
sie sich selbst nicht erklären, doch irgendwann
war es so weit. Sie stand vor der Tür von Lisas
Elternhaus. Sie musste mehrmals tief
durchatmen, ehe sie die Türklingel betätigte.
Nach einem kurzen Moment kam Lisas Mutter an
die Tür und bat Jennifer mit einem freundlichen
Lächeln herein. Gemeinsam gingen sie ins
Wohnzimmer, wo bereits Lisas Vater mit seiner
Tochter auf der Couch saß. Wie gewohnt
belehrte er sie über gutes und angemessenes

Verhalten. Den Vortrag hatten alle Beteiligten schon mehrere Male gehört und während Lisa und Jennifer sich fragten, ob er den Text auswendig gelernt hatte, holte Frau Schneider etwas zu trinken. Zu Jennifers Unbehagen hatten Lisas Eltern noch eine halbe Stunde Zeit, die sie dazu nutzten, um mit ihr ins Gespräch zu kommen. Lisa selbst saß nur grinsend daneben und genoss den Anblick, der verunsicherten Jennifer, die dem Gespräch kaum folgen konnte. Gegen 20 Uhr gingen Herr und Frau Schneider.

Dann war sie mit Lisa allein. Jennifer sah Lisa erwartungsvoll an. „Was glotzt du so blöd", fuhr sie diese darauf an und Jennifer senkte eingeschüchtert den Blick. „Lisa, vielleicht -", startete sie einen letzten Versuch, Lisa umzustimmen, doch diese ging gar nicht erst darauf ein. „Klappe! Du wirst nur noch reden, wenn du gefragt wirst, verstanden?" Mehr als ein eingeschüchtertes „Ja" brachte Jennifer nicht heraus. „Gut", meinte Lisa und stand von dem Sofa auf. „Als erstes solltest du mich darum bitten, dir zu verzeihen und dich für dein Verhalten zu bestrafen." Schon wollte Jennifer anfangen, sich zu entschuldigen, doch Lisa hatte etwas anderes im Sinn. „Du wirst hierher kommen, dich vor mich hinknien und dich dann entschuldigen." „Das ist doch wohl nicht dein Ernst", platzte Jennifer raus, doch Lisa reagierte ganz cool: „Glaub mir, das wird die leichteste Aufgabe für dich sein, auch wenn dein Stolz darunter leidet. Aber solltest du wirklich nicht im Stande sein, das zu tun, dann kannst du gleich nach Hause gehen und morgen weiß jeder was du nachts in fremden Häusern treibst." Widerwillig ging Jennifer vor Lisa auf die Knie und senkte den Blick. „Es tut mir leid", murmelte sie leise vor sich hin. „Was tut dir leid? Vielleicht das du dich nicht einmal mit derselben lauten Stimme entschuldigen kannst, mit der du mich sonst immer hin und her gescheucht hast", gab Lisa zurück. „Es tut mir leid, dass ich dich immer so mies behandelt habe und dass ich meine Position ausgenutzt habe." „Geht doch. Und worum wolltest du mich noch bitten", hakte Lisa nach. „Ich möchte dich bitte, mich für mein Verhalten zu bestrafen." „Denkst du, dass du das verdient hast?" Nach Jennifers Auffassung, hatte sie das natürlich nicht verdient, aber sie wusste, was Lisa hören wollte. „Ja, ich habe es verdient." „Schön, dass du das einsiehst." Ein siegessicheres Lächeln umspielte Lisas Mundwinkel, als sie einen schwarzen Seidenschal aus ihrer Hosentasche zog, mit welchem sie

Jennifers Augen verband. Dann durfte Jennifer
aufstehen.

Lisa nahm sie an der Hand und führte sie durch
das Haus, bis sie irgendwann stehen blieb. Auch
ohne etwas zu sehen, war sich Jennifer ziemlich
sicher, dass sie sich in Lisas Zimmer befanden,
weil sie das Haus mittlerweile in und auswendig
kannte. Jennifer musste mitten im Raum stehen
bleiben und zwei Minuten lang geschah nichts,
dann wies Lisa sie an, das Top auszuziehen.
Zögerlich kam Jennifer dem Befehl nach, zog das
Top über den Kopf und gewährte Lisa somit freie
Sicht auf ihren schwarzen dünnen BH, der ihre
vollen Brüste umgab. Als nächstes folgten Rock
und Strümpfe, sodass Jennifer am Ende nur noch
in Unterwäsche, bestehend aus dem BH und
einem passenden Tanga, dastand. Sie fühlte sie
wie auf dem Präsentierteller und ihr Gesicht
nahm langsam aber sicher eine rötliche Färbung
an.

Nachdem Lisa sie wieder einige Minuten lang, in
denen kein Wort gesprochen wurde, hatte warten
lassen, forderte sie Jennifer auf, den BH
auszuziehen. „Muss das wirklich sein? Hast du
mich denn nicht schon genug gedemütigt", fragte
die Delinquentin, doch Lisa ließ nicht locker.
„Nein, habe ich nicht. Noch lange nicht", gab Lisa

zurück. „Und jetzt runter mit dem BH, aber zackig!" Mit zitternden Händen griff Jennifer nach dem Verschluss, doch aufgrund ihrer Aufregung brauchte sie eine Weile um ihn auf zu bekommen. Dann fiel das vorletzte Kleidungsstück zu Boden und schamvoll versuchte Jennifer mit ihren Händen ihre Brüste zu verdecken. „Hände da weg oder es setzt was", ging Lisa sie an und langsam kam Jennifer der Aufforderung nach und entblößte damit ihren vollen Busen. „Nette Oberweite", meinte Lisa anerkennend und fragte Jennifer nach ihrer Körbchengröße. „75C", antwortete diese leise. Jennifer spürte förmlich die Blicke auf ihrem fast nackten Körper und das Schamgefühl in ihr wurde immer größer.

„So, dann wirst du dich jetzt einmal um 180 Grad drehen und mir deine Hinterseite zeigen", wies Lisa Jennifer an, die diesem Befehl umgehend nachkam, froh darüber nicht mehr ganz so frontal im Blickfeld zu sein. „Nun nimmst du die Beine etwas auseinander und dann wirst du dir deinen Tanga ausziehen und dabei die Beine schön durchdrücken, verstanden?" „Ja", kam es kaum hörbar von Jennifer, die kurz tief durchatmete und dann links und rechts den Bund ihres Höschens griff. Langsam ließ sie es genau nach

Aufforderung hinunter gleiten, sich selbst bewusst, dass Lisa nun von hinten freie Aussicht auf ihren Po und zwischen ihre Beine hatte. Nachdem auch dieses letzte Stückchen Stoff am Boden lag, musste sich Jennifer wieder herum drehen und sich Lisa von vorn präsentieren. Eine ganze Menge Willenskraft war nötig, um nicht die Hände hoch zu nehmen und etwas zu bedecken. Nach einer kurzen Zeit, die Jennifer wie eine Ewigkeit vorkam, trat Lisa an sie heran und wies sie an, die Hände vor dem Körper zusammenzuführen. Als Jennifer das getan hatte, machte sich Lisa daran, die Hände aneinander zufesseln. „Was wird das? Was hast du mit mir vor", fragte Jennifer geschockt und machte Anstalten, sich zu wehren, doch Lisa meinte nur, dass sie das noch sehen würde und sich endlich ihrem Schicksal fügen sollte, weil sie sonst das Foto überall hin verschicken würde. Resigniert nahm Jennifer zur Kenntnis, wie Lisa den Strick, mit dem sie die Hände zusammengebunden hatte über ihrem Kopf irgendwo befestigte und dann daran zog, sodass Jennifer mit hoch gestreckten Armen da stand. Als nächstes spürte sie, wie Lisa etwas an ihrem linken Knöchel befestigte und dann das rechte und das linke Bein, gegen den Widerstand von Jennifer, auseinander drückte, um dann etwas am rechten Knöchel zu befestigen. Danach war es Jennifer unmöglich die Beine zu schließen und sie fühlte sich noch ausgelieferter als zuvor. Zu guter letzt befestigte Lisa noch Stricke an den Füßen von Jennifer und machte die anderen Enden dann irgendwo im Zimmer fest, sodass sich Jennifer überhaupt nicht mehr drehen konnte, sondern Lisa, splitterfasernackt und mit gespreizten Beinen stehend gefesselt, ausgeliefert war.

Jennifer merkte, wie sich Lisa ihr von hinten nährte und dann kräftig ihre Pobacken ergriff. „Na, du kleine Schlampe", flüsterte Lisa Jennifer ins Ohr und dabei ließ sie ihre Hände an den Seiten von Jennifers Körper nach oben fahren, um dort Jennifers Busen, der sich durch das Atmen hob und senkte, zu umfassen. „Weißt du, welche Frage ich mir gestellt habe, seit dem ich dich erwischt habe", fragte Lisa Jennifer, während sie die Nippel ihres Opfers neckte, und ohne eine Antwort abzuwarten fuhr sie fort: „Ich habe die ganze Zeit überlegt, woran du wohl denkst, wenn du es dir selber machst und im Wesentlichen habe ich nur eine Idee. Du stellst dir vor, wie ich den Hintern versohlt bekomme. Zuerst muss ich mich übers Knie legen lassen und dann wird mein Po für die Bestrafung entblößt.

Das turnt dich an, nicht wahr?" Jennifer antwortete nicht, doch ihre Nippel, die sich hart aufstellten, waren Lisa Antwort genug. Langsam aber beständig ließ Lisa ihre Hände wieder an Jennifers Körper herab gleiten, dieses Mal an der Vorderseite. „Dann bekomme ich den Arsch versohlt. Schlag für Schlag wird mein Po knallrot, während mir vor Schmerz und Scham die Tränen in die Augen steigen. Mein Leid ist deine Lust." Während Lisa die letzten Worte sprach, erreichten ihre Finger Jennifers Schnecke, die durch ihre Feuchtigkeit eindeutig zeigte, wie sehr die Ausführungen Jennifer erregt hatte. Diese stöhnte leise auf, als Lisa daran ging, ihre Schamlippen und den Kitzler zu massieren. Ihre Körper betrog sie in dieser grotesken Situation. „Wo ist denn dein kleines Spielzeug", kam die Frage von Lisa und Jennifer antwortete zögerlich, aber wahrheitsgemäß, dass ihr Vibrator in ihrer Handtasche sei, die noch im Wohnzimmer stehe. Sofort war Lisa aus ihrem Zimmer gerannt und kam nur wenige Augenblick triumphierend mit dem künstlichen Freudenspender in der Hand wieder. Spielerisch ließ sie den eingeschalteten Vibrator über Jennifers Körper wandern. „Na, willst du, dass ich ihn dir rein stecke", fragte sie Jennifer, die verneinte. „Komm schon. Gib doch zu, dass du es willst", meinte Lisa mit einem gehässigen Unterton, während sie die Spitze des Vibrators an Jennifers Kitzler hielt, was dieser ein Stöhnen entlockte. Natürlich wollte Jennifer einen Orgasmus, aber nicht so. Doch irgendwann war es Lisa zu bunt auf die gewünschte Antwort zu warten und so schob sie den Vibrator mit einem Ruck tief in Jennifers Lustkanal. Ganz eng hatte sich Lisa hinter ihre Babysitterin gestellt, während sie diese mit dem Lustspielzeug fickte und mit der freien Hand ihren Busen massierte. Wieder begann Lisa von den körperlichen Züchtigungen zu erzählen, was dazu führte, dass Jennifers Lust schnell anstieg und sie sich einem Orgasmus nährte. „Bitte hör ... ah ... auf", flehte sie Lisa an, denn sie wollte vor ihren Augen keinen - oder besser gesagt - nicht noch einen Orgasmus erleben. „Du möchtest also, dass ich aufhöre dich in deine Votze zu ficken", kam die Frage von Lisa, so vulgär, dass Jennifer zusammenzuckte. „Ja, bitte." „Dann sag es." „Bitte hör auf meine ... V-V-Votze ... zu f-ficken", brachte Jennifer stotternd hervor und zu ihrer Überraschung zog Lisa den Vibrator wirklich aus ihr heraus. „Na gut, wie du willst", meinte sie mit einem süffisanten Unterton, dem Jennifer nichts Gutes abgewinnen konnten.

„Wenn du ihn nicht vorne drin haben willst, dann vielleicht hinten." Mit einem Grinsen im Gesicht hatte Lisa den Vibrator in Sekundenbruchteilen an Jennifers Poloch dirigiert und angefangen ihn langsam gegen das enge Loch zu drücken. „Nein, nicht da!", schrie Jennifer entsetzt. Zwar hatte sie schon Erfahrungen mit Analsex gesammelt und auch einen Dildo für ihnen Anus, aber dieser war um einiges kleiner als dieser Vibrator. Doch Lisa ließ sich davon überhaupt nicht stören und drückte weiter das mit Jennifers Lustsaft überzogene Spielzeug gegen deren Hintertürchen. Widerwillig gab der Anus nach und ließ den Vibrator hinein, was Jennifer einen Schrei entlockte. Erst als es ihr gelang, sich einigermaßen zu entspannen und sich ihr After an den Eindringling gewöhnt hatte, verging der Schmerz und die Lust kam zu Jennifers Entsetzen rasch wieder. Lisa hatte begonnen den Vibrator erst langsam und dann immer schneller in Jennifers Po zu schieben und dann wieder herauszuziehen. Dadurch stieg auch Jennifers Lust wieder an und sie kam dem Orgasmus erneut sehr nahe. „Bitte, nicht mehr ..." Krampfhaft versuchte sich Jennifer gegen den nahenden Höhepunkt zu wehren, aber ihre Lust stieg immer mehr an. „Wir sind doch hier nicht beim

Wunschkonzert", meinte Lisa kühl und fing an, mit der freien Hand Jennifers Schamlippen und Kitzler zu massieren. Laut stöhnend kam Jennifer unfreiwillig zum Orgasmus. Die Muskeln ihres Unterleibs zogen sich zusammen und pressten den Vibrator so kraftvoll aus ihrem Anus, dass Lisa ihn kaum halten konnte. Sie legte das Spielzeug beiseite und besah sich die in den Seilen hängende Jennifer.

„Na, das hat dir Spaß gemacht, was", fragte Lisa mit gehässigem Unterton. Jennifer schüttelte den Kopf. „Es war demütigend." „Na ja, wie auch immer. Jedenfalls warst du ein böses Mädchen und bösen Mädchen muss man nun mal den Po versohlen, oder?" „Du willst doch nicht ..." Angst stieg in Jennifer hoch. „Doch ich will und werde dir deinen kleinen süßen Arsch versohlen. Ich denke mal, dass sich mein Gürtel dafür ganz gut eignet", gab Lisa zurück und kurz darauf hörte Jennifer, wie Lisa in ihrem Schrank nach dem Gürtel suchte und ihn auch bald fand. „Ich denke, dass erst einmal 10 Schläge gerechtfertigt sind, oder?" „Bitte nicht", bettelte Jennifer. „Na gut, dann eben 20 oder willst du noch mehr?" „Nein." „Dann bitte mich darum, dir 20 Schläge auf deinen Arsch zu verpassen." Lisas Stimme hatten einen herrischen Ton angenommen, der Jennifer hart schluckten ließ. „Bitte, Lisa, verpass mir 20 Schläge mit dem Gürtel auf meinen Arsch." „Wie du möchtest. Ich denke, die Augenbinde brauchen wir nicht mehr", meinte Lisa und löste die Augenbinde von Jennifers Kopf, sodass diese wieder sehen konnte und am liebsten sofort gestorben wäre.

Vor ihr saßen Marie und Kristin, die beiden Freundinnen von Lisa, die damals der Bestrafung beigewohnt hatten, und sahen sie feixend an. Die Schamesröte in ihrem Gesichte hätte wohl jeden reife Tomate vor Neid erblassen lassen, doch Lisa gab Jennifer keine Zeit sich zu schämen, denn schon knallte zum ersten Mal der Gürtel auf das schutzlos dargebotene Hinterteil. Laut schrie Jennifer auf, als das Leder sie traf. Hatte sie eben noch gedacht vor Scham sterben zu müssen, so war es jetzt der Schmerz, der sie sich dem Tode nahe glauben ließ. Unter den Anfeuerungsrufen von Marie und Kristin vollzog Lisa die festgesetzte Strafe, die Schreie und das Flehen von Jennifer vollends ignorierend. Nachdem Jennifer die Hälfte hinter sich hatte, folgte eine kurze Pause, in der Lisa die Seite wechselte, um Jennifers Po eine einheitliche Färbung zu verpassen. Dann folgten die Schläge

11 bis 20, nach denen Jennifer dachte, ihr Po sei nur noch eine rote zermatschte Masse Fleisch.

„Das tat gut", meinte Lisa und strich schon fast zärtlich über Jennifers Pobacken. „Nun wird es wohl Zeit, dass wir uns einen gemütlichen Abend machen. Du kannst dich derweilen ausruhen, aber glaub ja nicht, dass ich schon mit dir fertig bin." Jennifer sah, wie Lisa gefolgte von Marie und Kristin zur Tür ging, das Licht ausschaltete und dann die Tür schloss.

Dunkelheit umgab Jennifer und nur langsam konnten sich ihre Augen daran gewöhnen, sodass sie Lisa Zimmer schemenhaft erkennen konnte. Ihre Pobacken brannten ebenso, wie das dazwischen liegende Löchlein. Einige Tränen kullerten über Jennifers Wangen. Zwar waren auch Schmerz und Scham Gründe dafür, aber vielmehr tat ihr das eigene Verhalten gegenüber Lisa innerhalb der letzten Jahre unglaublich leid. Nachdem sie selbst gespürt hatte, was es bedeutet, so gedemütigt und gezüchtigt zu werden, konnte sie in keiner Weise mehr nachvollziehen, wieso sie Lisa so mies behandelt hatte und sogar selbst darauf hingearbeitet hatte, dass sie von ihren Eltern bestraft wurden war. Somit verstand sie Lisa Wut und Rachegelüste, hoffte aber gleichzeitig, dass es

Lisa bald reichen würde und sie nach Hause gehen könnte.

Es dauerte eine lange Zeit ehe Lisa mit ihren Freundinnen im Schlepptau gut gelaunt wieder ins Zimmer kam. „Na, schon langweilig", fragte sie mit einem fiesen Unterton Jennifer, deren Arme von der langen Fesselung in ungewohnter Haltung schmerzten, und verpasste ihr einen beherzten Klaps auf den Po. Dann befreite sie mit Hilfe von Marie und Kristin Jennifer, um sie dann ins Gästezimmer zu führen und sie auf das dort befindliche Bett zu legen.

„So, es ist jetzt kurz nach halb elf", meinte Lisa zu Jennifer gewandt. „Normalerweise hättest du mich vor über einer halben Stunde ins Bett gebracht und es dir dann hier gemütlich gemacht, um es dir selbst zu besorgen." Grinsend sah sie auf ihre Babysitterin herab. „Ich denke nicht, dass wir an dieser Tradition etwas ändern sollten. Den hier hat Kristin für dich sauber gemacht. Also leg mal los." Mit diesen Worten warf sie Jennifer den gereinigten Vibrator aufs Bett. Natürlich verstand Jennifer sofort, was Lisa von ihr wollte, aber sie sah diese und ihre Freundinnen nur mit großen Augen an. „Wir warten", meinte Marie ungeduldig. „Bitte, ich kann das nicht", flehte Jennifer, doch Lisa meinte nur kühl, dass sie es ja offensichtlich schon öfters konnte und drohte erneut die entsprechenden Fotokopien zu verschicken. Resignierend nahm Jennifer den Vibrator, legte sich auf das Bett und versuchte sich zu entspannen. Als ihre freie Hand zwischen ihre Beine glitt, spürte sie, dass ihr Geschlecht trocken war. Sie war natürlich schon lange nicht mehr erregt und die Anwesenheit von Lisa, Marie und Kristin trug ebenfalls nicht gerade dazu bei. „Wird\'s bald", fragte Lisa genervt. Jennifer schloss die Augen und versuchte sich eine erregende Situation vorzustellen. Ein Unterfangen, dass ihr nur nach und nach gelang, aber als sie wieder Lisa roten Po vor ihrem inneren Auge hatte, merkte sie, wie langsam etwas Erregung in ihr aufstieg, während sie ihren Busen massierte und die Nippel neckte. Als ihre Schnecke feucht wurde, fing Jennifer an behutsam ihre Liebeslippen zu streicheln und einen Finger ihren Kitzler verwöhnen zu lassen, was sie schneller als gedacht auf Touren brachte. Als die Erregung groß genug war, führte sie „Leo" an den Eingang ihres Lustkanals und ließ ihn bedächtig in sich hineingleiten. Erst langsam und dann immer schneller bewegte sie ihn hinein und hinaus, nachdem sie ihn auf die höchste Stufe gestellt hatte. Die Welt um sie vergessend, lag sie wie so oft zuvor auf dem Bett im Gästezimmer von Lisas Eltern und brachte sie selbst dem erlösenden Höhepunkt immer näher. Rhythmisch zog sich ihre Unterleibsmuskulatur zusammen und entspannte sich, als Jennifer mit einem lauten Aufstöhnen zum Orgasmus kam. Erschöpft sank sie in das weiche Bett nieder. Erst das Klatschen und die Kommentare von Seiten ihrer Zuschauer riefen ihr wieder ins Gedächtnis, dass sie dieses Mal nicht allein gewesen war und schnell stellte sie sich erneut die Frage, wo das Mauseloch sei, in welches sie sich verkriechen könnte.

Langsam öffnete sie die Augen und sah in Lisa Gesicht, das sie angrinste. „Da war jemand schon wieder ein böses Mädchen und was macht man mit bösen Mädchen?", fragte sie Jennifer und diese antwortete, den Tränen vor Scham und Demütigung nahe: „Man versohlt ihnen den Po." „Richtig." Lisa stellte sich herrisch vor dem Bett auf, den Ledergürtel in der rechten Hand haltend. „Aber da das ja offensichtlich beim letzten Mal nicht gewirkt hat und du in so kurzer Zeit wieder böse warst, sollten wir dieses Mal vielleicht deine kleine Muschi mit dem Gürtel vertraut machen." „Nein!" Blanke Angst und blankes Entsetzen stieg in Jennifer auf, die schützend ihre Hände vor ihr Geschlecht hielt. „Bitte, Lisa, alles nur das nicht!" „Na gut, du hast eine Möglichkeit, der ganzen Sache zu entgehen. Ich sage dir gleich die Alternative und du hast 10 Sekunden Zeit die dafür zu entscheiden. Sonst bekommst du 10 mit dem Gürtel auf deine Muschi." „Alles, ich mache alles." Erwartungsvoll sah Jennifer Lisa an. „Na gut. Ich will, dass du Marie, Kristin und mich", Lisa machte eine kurze Kunstpause um Jennifers Gesichtsausdruck in Ruhe genießen zu können, „mit deiner Zunge zum Orgasmus bringst. Deine Zeit läuft." ‚Was? Ich soll diese drei Gören lecken', schoss es Jennifer durch den Kopf. Sie hatte noch nie lesbischen Kontakt in irgendeiner Form. „Die Hälfte der Zeit ist um", meinte Marie mit einem Blick auf ihre Armbanduhr. Voller Angst vor dem Gürtel stimmte Jennifer dem Vorschlag von Lisa zu. Marie war die erste, die sich zu ihr auf das Bett gesellte. Sie trug nur einen Minirock, den sie etwas hochzog, bevor sie sich den schwarzen Stringtanga auszog, der ihr kahlrasiertes Geschlecht bedeckte. Jennifer muss sich nach Anweisung von Lisa zwischen Maries Beine knien und den Po hochstrecken. „Für jede Minute, die verstrichen ist, bekommst du einen Schlag auf den Arsch. Du solltest dich also beeilen", meinte Lisa und bezog hinter Jennifer Aufstellung.

Diese nährte sich der dargebotenen Muschel von Marie. Noch nie hatte sie ein fremdes weibliches Geschlecht aus dieser Nähe gesehen. Es war ein eigenartiger Anblick für sie. Im Gegensatz zu ihren kleinen Schamlippen, die ein kleines Stück aus den großen hervorschauten, wurden sie bei Marie von den großen komplett verdeckt.

Jennifer fing damit an, die Umgebung von Marie Schnecke mit Küssen etwas zu verwöhnen um sie auf Touren zu bringen und als ihre Lippen das erste Mal die Liebeslippen von Marie berührten und sie deren Feuchtigkeit schmecken und riechen konnte, knallte der Gürtel auf ihren Po.

Jennifer verarbeitete kurz den Schmerz, um sich dann daran zu machen, mit ihrer Zunge Maries Kitzler zu verwöhnen. Nach zwei weiteren Schlägen mit dem Gürtel, hatte Jennifer Marie soweit, dass diese nur noch unkontrolliert stöhnend vor ihr lag und noch mal eine Minute später schrie Marie ihren Orgasmus heraus.

Nach einer kurzen Zeit der Erholung machte Marie Platz für Kristin, die sich bereits ihrer Jeans und dem Tanga entledigt hatte. Ihre zarten Venuslippen wurden von einem schwachen Flaum blondem Schamhaar umrahmt. Jennifer stellte überrascht fest, dass Kristins Lustsaft völlig anders als der von Marie schmeckt und zu ihrer Erleichterung war Kristin derart reizbar, dass sie innerhalb von weniger als dreieinhalb Minuten kam. Dabei presste sie Jennifers Kopf derart zwischen ihre Beine, dass diese für einen kurzen Moment dachte, zu ersticken.

Nachdem sich auch Kristin wieder erholt hatte, war Lisa an der Reihe von Jennifer geleckt zu werden. Sie stieg aus ihrer Hose und streifte ihr Höschen hinunter. Ihre Schamhaare waren fein säuberlich zu einem Dreieck oberhalb der Schamlippen, die haarlos waren, rasiert. „Dann mal los, Babysitter-Schlampe", meinte sie und ließ sich selbstgefällig vor Jennifer nieder. Obwohl Jennifer nun nicht mehr behaupten konnte, zum ersten Mal eine Geschlechtsgenossin oral zu verwöhnen, so fiel es ihr doch schwerer als bei Marie und Kristin. Doch da Marie wiederum mit dem Gürtel hinter ihr stand und Lisas Aufgabe übernommen hatte, senkte Jennifer ihr Gesicht auch der Muschel von Lisa entgegen und begann sie widerwillig zu lecken. Lisa dirigierte dabei Jennifers Kopf und war offensichtlich nicht darauf aus, so schnell zu kommen. Immer wenn sie kurz vor dem Orgasmus stand führte sie Jennifer von ihrem Kitzler weg, sodass diese über zehn Minuten brauchte, ehe Lisa zum Orgasmus kam. Zu diesem Zeitpunkt schmerzte ihr Po noch mehr als nach der Züchtigung durch Lisa, denn Marie hatte eine ganze Menge Kraft in ihren Armen.

Als sich auch Lisa wieder angezogen hatte, gingen alle in das Wohnzimmer. Hier sah es aus, wie auf einem Schlachtfeld. Gläser und leere Flaschen waren zusammen mit leeren Pizzakartons auf Tisch und Fußboden verteilt. „Das wirst du jetzt alles aufräumen. Du solltest dich aber beeilen, denn erst, wenn alles ordentlich ist, bekommst du deine Klamotten und du willst doch sicher nicht, dass meine Eltern dich nackt sehen, oder?" Natürlich wollte das Jennifer nicht, waren es doch jetzt schon drei Leute zuviel, die sie so gesehen hatten. Unter den Kommentaren der Mädchen, die sich auf der Couch niedergelassen hatten und Fernsehen schauten, begann sie mit dem Aufräumen, die bis kurz vor Mitternacht dauerten, weil sich auch die Küche in einem ähnlichen Zustand wie das Wohnzimmer befand. Doch bevor Jennifer wieder etwas zum Anziehen bekam, musste sie Marie und Kristin gemeinsam mit Lisa zur Tür bringen und verabschieden, weil es für die beiden Zeit war, nach Hause zu gehen. Jennifer kam die Zeit, die sie in der offenen Tür stehen bleiben musste endlos vor und Lisa genoss den Anblick. Endlich wieder in Lisa Zimmer, durfte sich Jennifer BH und Top anziehen. Doch mit dem Höschen musste sie noch warten. Lisa schnappte sich den Vibrator, schob ihn in Jennifers Schnecke hinein und stellte ihn dann an. Danach durfte sich Jennifer dann fertig anziehen. Nach Lisas Einschätzung fehlte jedoch noch etwas. Diese kam mit einer langen Metallkette und einem kleinen Vorhängeschloss wieder. Schnell hatte sie die Kette wie einen Gürtel in Jennifers Jeans eingefädelt und mit dem Schloss enganliegend gesichert. „Den Schlüssel findest du in deinem Briefkasten", meinte Lisa und grinste Jennifer an, während sie sich ihr Schlafzeug anzog. „Noch eine Sache: Du wirst meine Eltern, wenn sie gleich kommen, davon überzeugen, dass ich keinen Babysitter mehr brauche, verstanden?" „Und wie soll ich das anstellen", fragte Jennifer skeptisch. „Mir doch egal. Solltest du es aber nicht schaffen, bekommst du das Foto nicht und der nächste Abend, verläuft wieder so, wie ich es will und glaub mir, dagegen wird der heutige ein Spaziergang gewesen sein. Gute Nacht." Lisa hatte sich in ihr Bett gelegt und von Jennifer weggedreht. „Gute Nacht." Sie schüttelte seufzend den Kopf, schaltete das Licht aus und schloss die Tür hinter sich. Sie wusste nicht, wie sie es Lisa Eltern beibringen sollte, aber noch so einen Abend würde sie nicht überstehen. In diesem Moment hörte sie, wie unten an der Haustür der Schlüssel ins Schloss gesteckt wurde - Lisas Eltern waren zu Hause.

Schon auf dem Weg hinunter ins Wohnzimmer spürte sie jede Bewegung des Vibrators, der sie geil machte, in ihrem Lustkanal. Lisas Eltern begrüßten sie freundlich und fragten, wie es ihr ergangen war. Jennifer gab zurück, dass alles ok gewesen sei, aber dass sie noch etwas mit ihnen zu besprechen hatte. Als sie gemeinsam im Wohnzimmer Platz nahmen, machte sich Jennifers geschundener Po bemerkbar. Fast wäre sie wieder aufgesprungen, nachdem sie sich hingesetzt hatte, aber es gelang ihr den Schmerz auszuhalten. Auch der Vibrator schob sich noch ein Stück tiefer in Jennifers Unterleib, wo er sein teuflisches Werk fortsetzte. Dann begann Jennifer ihr Anliegen zu erklären und nachdem sie ihren Standpunkt dargelegt hatte, dass Lisa keinen Babysitter mehr brauche, fragte sie der Vater, ob die Bezahlung nicht gut genug sei und die Mutter erkundigte sich, ob Lisa zuviel Ärger gemacht hätte. Am liebsten hätte Jennifer in diesem Moment alles erzählt, was sie an diesem Abend erleben musste, aber zum einen schämte sie sich einfach zu sehr und zum anderen wusste sie nicht, ob Lisa das Foto nicht bei einer Freundin versteckt hielt. Also begann sie Lisa Eltern vor Augen zu führen, dass ihre Tochter bereits volljährig und damit alt genug war um den ein oder anderen Abend allein zu verbringen. Zudem hätte sie sich die letzten Mal sehr erwachsen verhalten und es gibt ihrer Ansicht nach keinen Grund, dass Lisa ständige Beobachtung braucht. Die Diskussion dauerte eine ganze Weile, doch der Umstand, dass Lisa Eltern auf Jennifers Wort vertrauten, machten es ihr möglich, sie davon zu überzeugen, bevor sie nach Hause ging.

Der Nachhauseweg wurde für Jennifer ein Spießrutenlauf. Der Vibrator, der sie schon während des Gesprächs mit Lisa Eltern abgelenkt hatte, brachte sie immer wieder kurz vor einen Orgasmus, während ihr verstriemter Po ein Hinsetzen in der Straßenbahn unmöglich machte, sodass sie den langen Weg stehen musste. Endlich bei ihrem Wohnblock angekommen, rannte sie zum Briefkasten und fand darin tatsächlich einen Briefumschlag mit einem Schlüssel. In ihrer Wohnung, zerriss sie den

Umschlag, holte den Schlüssel hervor und öffnete Schloss, sodass sie die Jeans samt Höschen ausziehen konnte. Noch im Flur fing sie an, den Vibrator kontrolliert rein und raus zuschieben, wodurch sie wenige Momente später stöhnend unter einem Orgasmus auf die Knie ging und in ihrem Flur eine Weile liegen blieb. Eine heiße Dusche später lag Jennifer in ihrem Bett - natürlich auf dem Bauch - und dachte über den Abend nach. Zwar hatte sie herausgefunden, dass sie Fesseln, Schläge und sogar lesbische Liebe anturnten, aber gleichzeitig wusste sie, dass sie es nicht auf diese Art und Weise wieder erleben wollte.

Am nächsten Morgen fand sie nach dem Aufstehen tatsächlich ein Kuvert mit dem Foto in ihrer Post. Zwar wusste sie nicht, ob sie nun alle Exemplare in ihrem Besitz hatte, aber sie fühlte sich dennoch erleichtert. Die beiden Fotos bewahrte sie von diesem Tage an in ihrem Nachtschrank, neben „Leo", auf und dachte des Öfteren an den Abend bei Lisa zurück. Wenn sie nun Lisa und ihren Eltern in der Stadt begegnete, so versuchte sie dem hämischen Grinsen von Lisa auszuweichen, während sie mit ihren Eltern Smalltalk betrieb, bis jeder seines Weges ging.

Die Buße

Es war einer dieser lauen Sommerabende, an welchen man dem Lied der zirpenden Grillen entspannt lauschen konnte. Der Schweif der untergehenden Sonne sorgte nur noch für einen leichten Schimmer rötlichen Lichts, der durch das geöffnete Fenster auf Marias Bett fiel. Maria hatte sich, wie immer in dieser warmen Jahreszeit, nur mit einem dünnen Laken zugedeckt. Das blonde gelockte Haar bettete sich auf das weiche Kopfkissen und die Augen waren geschlossen. Mit einem Lächeln auf den Lippen ließ sie ihren Gedanken und Händen freien Lauf, sodass letztere kurze Zeit später das Nachthemd abstreiften, um sich ungehinderten Zugang zu dem jungen Körper zu verschaffen. Zaghaft begann eine Hand die mittelgroßen, festen Brüste zu massieren, während die andere den Bauch streichelte und dann immer tiefer wanderte. Sanft bewegten sich ihre Fingerkuppen über die weichen, spärlich behaarten Schamlippen. Wild rasten unsittlichen Gedanken durch Marias Kopf während einzelne Finger durch die jungfräuliche Spalte fuhren und den Kitzler suchten, um ihn zu necken. Fest presste sie ihre Lippen zusammen, um ein

74

verräterisches Stöhnen zu unterdrücken. Das Zwirbeln der hart aufgerichteten Brustwarzen und das Spielen mit dem prallen Lustknöpfchen brachte sie bis kurz vor den Höhepunkt.

Maria spürte bereits den nahenden Orgasmus, als plötzlich die Zimmertür aufging und ihre Mutter herein kam. „Gute Nacht, mein Scha-", fing diese an, bevor sie die Situation realisiert hatte und laut aufschrie. „MARIA! Was machst du da?" Erschrocken riss Maria die Augen auf und starrte in Richtung Tür, wobei sie sich erst wieder an das Licht gewöhnen musste. Erst jetzt bemerkte sie, dass das Laken von ihr herunter gerutscht war, sodass sie völlig entblößt da lag. Im selben Moment stand auch schon Marias Vater, angelockt durch den Aufschrei seiner Frau, im Zimmer. Die wenigen Sekunden bis Maria die Situation verarbeitet hatte und wieder in der Lage war zu reagieren, kamen ihr wie eine Ewigkeit vor. Erst dann legte sie ihre rechte Hand, die sich kurz zuvor noch mit ihrer Perle beschäftigt hatte, über die Scham und den linken Arm über den Busen. Mit hochrotem Kopf stand sie verkrampft vom Bett auf, immer darauf bedachte, sich so gut wie möglich zu bedecken. Langsam ging sie zu ihrem, auf dem Boden liegenden Nachthemd, kniete sich mit zusammengepressten Oberschenkeln davor nieder und griff danach, um es dann so schnell wie möglich überzustreifen.

Zwar fühlte sie sich besser, nachdem wieder etwas Stoff ihren Körper verhüllte, jedoch spürte sie die Blicke ihrer Eltern, welche noch immer mit versteinerten Mienen im Zimmer standen. „Mama, ich...", versuchte Maria das peinliche Schweigen zu durchbrechen, wurde dabei aber jäh von ihrer Mutter unterbrochen. „Schweig!", fuhr diese ihre Tochter an, wobei sie selbst am ganzen Leib zitterte. „Ich dachte ich hätte dich zu einer gottesfürchtigen Christin erzogen, aber in Wirklichkeit scheine ich eine durchtriebene Sünderin als Tochter zu haben." „Aber ich liebe und ehre Gott", unternahm Maria erneut einen Versuch sich zu verteidigen. „Du liebst nur dich selbst", gab ihre Mutter zurück. „Und diese Liebe trägst du gotteslästernd zur Schau, indem du an dich selbst Hand anlegst." Kaum hatte sie diese Worte ausgesprochen, stürmte sie auch schon wutentbrannt aus dem Zimmer. „Mama!", rief Maria und wollte ihr hinterher, doch ihr Vater, der bis dahin das Geschehen nur beobachtet hatte, hielt sie zurück. „Lass sie", meinte er und versuchte dabei ruhig zu wirken, doch auch ihm war der Zorn über das lasterhafte Verhalten anzumerken. „Geh jetzt ins Bett und schlaf. Wir werden morgen darüber reden." Ohne ein weiteres Wort zu verlieren, ging er aus dem Raum und schloss die Tür hinter sich.

Nachdem Maria noch eine ganze Weile einfach nur dagestanden und in Richtung Zimmertür gestarrt hatte, griff sie nach dem Laken, das sich neben dem Bett befand, und legte sie wieder ins Bett. An Schlaf war natürlich gar nicht zu denken. Vielmehr beschäftigten sie Gedanken und Gefühle, die sich nicht darüber einig werden konnten, was schlimmer war: Die empfundene Scham, weil ihre Eltern, die sie schon seit Jahren nicht mehr nackt gesehen hatten, sie bei der Selbstbefriedigung erwischt hatten, oder die Angst vor der unbekannten Strafe, die sicher noch folgen würde. Innerlich bereitete sie sich bereits darauf vor, ordentlich den Hintern versohlt zu bekommen, ehe sie nach langem Wachliegen doch in einen unruhigen Schlaf fiel.

Am folgenden Tag, einem Samstag, war Maria zwar schon recht früh wach, konnte sich aber absolut nicht dazu motivieren aufzustehen, wollte sie sich doch am liebsten für immer in ihrem Bett verkriechen. Erst als ihr Vater sie mit lauter Stimme aus der Küche ermahnte, doch endlich aufzustehen, ins Bad zu gehen und dann zum Frühstück zu erscheinen, stand sie auf.

Missmutig quälte sich Maria aus dem Bett und trottete langsam, den Anweisungen ihres Vaters folgend, nach unten. „Du findest die Sachen zum Anziehen im Bad", rief ihr ihre Mutter aus der Küche zu, als Maria im unteren Stock angekommen war. Tatsächlich waren ihre Klamotten vom Vortrag, die sie ordentlich zusammengelegt und auf dem Fensterbrett deponiert hatte, verschwunden. Stattdessen fand sie einen langen schmucklosen Rock mit dazu passender Jacke sowie weiße Baumwollunterwäsche vor. Es war Marias Beichtkleidung und sie konnte sich schon denken, dass ihre Mutter sie zur Kirche schleifen würde, wo sie dann dem Pfarrer von ihren Missetaten berichten müsste. Zwar war das Letzte was sie wollte, dass noch jemand von ihren nächtlichen, sehr intimen Aktivitäten erfuhr, doch sie wusste, dass sie keinerlei Vetorecht in dieser Frage hatte und so wusch sie sich mit einem flauen Gefühl im Magen, zog sich an und ging zu ihren Eltern in die Küche.

„Guten Morgen", begrüßten ihre Eltern sie im Chor, doch der gewohnt freundlich-herzliche Unterton war einem frostigen und verärgerten gewichen. Maria setzte sich auf ihren Platz und griff nach einem Brötchen, um es mit Butter und Marmelade zu schmieren. Jedoch tat sie dies nicht aus Hunger oder Appetit, sondern vielmehr um einer Konversation aus dem Weg zu gehen. Ihre Mutter ließ sich davon aber nicht beirren und suchte das Gespräch. „Ich bin sehr enttäuscht wegen gestern Abend", begann sie und sah dabei ihre Tochter an. Diese biss jedoch demonstrativ in ihr Brötchen und zog es vor, sich auszuschweigen. Als ihr Mutter merkte, dass sie auf keine Antwort warten brauchte, fuhr sie fort. „Am liebsten würde ich dich auf der Stelle übers Knie legen und dir solche Flausen mit ein paar ordentlichen Schlägen austreiben", sagte sie mit einem so aggressiven Unterton, dass Maria erschrocken aufsah. „Doch ich habe mich mit deinem Vater darauf geeinigt, dass wir mit dem Pfarrer über deine Sünden sprechen und ihn entscheiden lassen, wie du dafür Buße tun kannst." Der Blick, den sie Maria zuwarf, machte dieser deutlich, dass Diskussionen jeglicher Art an dieser Stelle unangebracht waren.

Kaum hatte Maria aufgegessen, schickte ihre Mutter sie ins Bad, damit sie sich frisch machen und die Zähne putzen konnte. Kurze Zeit später war sie mit ihren Eltern auf dem Weg zur Kirche.

Obwohl es nur ein kleines Dorf war, in dem sie lebten, waren die Straßen und Gassen gut belebt. Immer wieder grüßten Passanten freundlich und bemerkte, dass man sich am nächsten Morgen zum Gottesdienst sehen würde. Maria hatte das Gefühl, dass jeder, dem sie begegneten, genau wusste, wo sie hin wollten und warum, trotzdem nicht eine entsprechende Frage kam. Das flaue Gefühl in Marias Magen nahm zu, je näher sie dem Ziel kamen und zwischenzeitlich hatte sie sogar das Gefühl, ihre Beine würden ihr völlig den Dienst versagen. Nach einer guten Viertelstunde stand die dreiköpfige Familie vor der großen Eichentür, die sie für gewöhnlich nur Sonntags durchschritten.

Innen empfing Maria und ihre Eltern der bekannte Geruch des alten Gemäuers, gemischt mit dem von Weihrauch. Zielstrebig gingen Marias Eltern in Richtung Pfarrzimmer, während Maria selbst nur langsam schlurfend hinterher kam. Der Pfarrer, ein hagerer Mittvierziger, empfing die drei Besucher freundlich und bot allen einen Sitzplatz und Getränke an. Marias Eltern nahmen ihre Tochter in die Mitte und setzten sich auf die Couch, während der Pfarrer sich im nebenstehenden Sessel niederließ. Auf die Nachfrage nach dem Grund des Erscheinens hin, wurde Maria von ihrer Mutter aufgefordert, dem Pfarrer von ihren Sünden zu berichten. Der Geistliche wand sich daraufhin an Maria und fragte sie mit einem freundlichen Lächeln: „Nun, mein Kind, was hast du mir zu beichten?" Doch anstatt zu antworten wendete Maria ihren Blick ab, errötete und besah sich ihre Schuhe. Es war ihr einfach zu peinlich darüber zu sprechen. „Na gut, wenn du es nicht beichten willst, dann werde ich es für dich tun", meinte ihre Mutter erzürnt und begann detailliert über die Geschehnisse des letzten Abends zu berichten.

Als sie mit ihren Ausführungen geendet hatte, sah der Pfarrer Maria an. „Ist das wahr?", fragte er und schien auf ein Kopfschütteln von Seiten Marias zu hoffen. Doch diese nickte kaum merklich, worauf hin der Pfarrer nachdenklich dreinschaute. „Und wie oft hast du auf diese Weise gesündigt?", fragte er nach einem kurzen Augenblick und Marias Vater warnte seine Tochter davor in einem Gotteshaus zu lügen. „Seit etwas zwei Jahren", gestand Maria aufrichtig, „mehrmals im Monat." „Oh mein Gott!", schrie Marias Mutter auf und sank der Ohnmacht nahe in die Couch zurück. Von Seiten des Vaters war nur ein Räuspern zu vernehmen. Der Pfarrer war sehr um Fassung bemüht und nachdem er ein

kurzes Gebet vor sich hingemurmelt hatte,
fragte er Maria, ob sie ihre Taten bereue und
bereit wäre, dafür Buße zu tun. „Aber bedenke,
dass es aufgrund der Schwere der Sünde auch
eine schwere Strafe zu erdulden gibt", belehrte
er sie, bevor sie antworten musste. Es trat in
Erwartung der Antwort eine gespannte Stille ein.
Maria atmete tief durch, schluckte hart und
bejahte dann, zur Erleichterung aller die Frage.
„Gut", meinte der Pfarrer, „dann geh jetzt bitte
hinaus. Du wirst dich vertrauensvoll in dein
Schicksal fügen müssen." Schweren Herzens
verließ Maria das Zimmer, während ihre Eltern
blieben um mit dem Geistlichen über die
vorgesehene Strafe zu sprechen. Der
Delinquentin blieb keine andere Möglichkeit als
zu warten.
Es dauerte eine ganze Weile, bis ihre Marias
Eltern wieder aus dem Pfarrzimmer kamen und
schweigend mit ihrer Tochter den Heimweg
antraten. Maria wusste nicht, ob sie die Ruhe
genießen solle oder nicht. Zwar war ihr nicht nach
langen Gesprächen, jedoch verunsicherte die
Stille sie sehr. Als sie endlich wieder zu Hause
angekommen waren, wurde Maria ohne Umwege
auf ihr Zimmer geschickt, um über ihr Verhalten
nachzudenken. Außer zum Essen und um das

Badezimmer aufzusuchen verließ sie ihren Raum an diesem Tag nicht mehr, sondern überlegte unentwegt, was sie wohl noch erwarten würde. Noch immer nachdenklich fand sie am Abend nur schwer in einen unruhigen Schlaf.

Wie fast jeden Sonntag wurde Maria von der Kirchturmuhr geweckt, die eine Stunde vor dem Gottesdienst die Dorfbewohner des kleinen Ortes mit lauten Glockenschlägen an den sonntäglichen Gang in die Kirche erinnerte. Noch immer müde raffte sich Maria auf und ging ins Bad um sich zu waschen und anzukleiden. Dort fand sie jedoch nicht wie gewohnt ihr Sonntagskleid vor, sondern eine lange Kutte aus Sackleinen. „Mama", rief sie ihre Mutter, die auch sofort herbeieilte. „Was ist denn, mein Schatz?", fragte diese, als sie bei ihrer Tochter ankam. Maria hielt das fragliche Kleidungsstück hoch und fragte was sie damit solle. „Das ist dein Büßergewand", meinte ihre Mutter ernst. „Du wirst es heute in die Kirche anziehen, verstanden?" „Ja, Mama", gab Maria kleinlaut nach und sah sich suchend um. „Und wo ist Unterwäsche?" „Heute trägst du nur die Kutte, sonst nichts." Schon war Maria wieder mit ihren Gedanken allein im Bad.

Nachdem sie mit ihren Eltern gefrühstückt hatte, ging es los in die Kirche. Da außer dem Büßergewand keine Kleidung erlaubt war, musste sie den Weg dorthin auch barfuss zurücklegen. Am Vortag hatte Maria nur das Gefühl gehabt, dass jeder, dem sie begegneten, sie komisch von der Seite ansah. Nun, da sie in Sackleinen gekleidet die Straßen entlang lief, gab es tatsächlich niemanden, der sich nicht nach ihr umdrehte und sie anstarrte. So war schon der Gang zum Gottesdienst allein der reinste Spießrutenlauf.

Eine Viertelstunde vor Beginn der wöchentliche Messe kam die kleine Familie an. Der Pfarrer wartete bereits mit ernster Miene. Maria fühlte seinen kühlen Blick auf ihr lasten, während sie zwischen den Sitzreihen entlang ging. Bei ihm angekommen, begrüßte sie ihn freundlich und versuchte ihre Unsicherheit und das empfundene Unbehagen so gut es ging zu verbergen. „Hallo, Maria", begrüßte sie der Pfarrer, die Miene noch immer wie versteinert. „Ich hoffe du bist bereit für deine Sünden zu büßen." „Ja, dass bin ich", antwortete Maria, doch das Zittern in ihrer Stimme verriet ihre Nervosität.

Der Pfarrer führte Maria an ein aufgestelltes Kreuz, dass etwa so hoch war, wie sie und deutete ihr sich daran zu stellen. Danach forderte er sie ohne jegliche Gefühlsregung dazu auf, ihr Büßergewand abzulegen. „Nein, das geht doch nicht", weigerte sich die Sünderin, ihr einziges Kleidungsstück aufzugeben. „Und ob das geht", entgegnete der Pfarrer. „Ich habe deinen Eltern erklärte, dass ich es für das Beste halte, wenn du dich nackt der Gnade Gottes auslieferst und sie haben dem zugestimmt." Maria warf einen fragenden und zugleich flehenden Blick in Richtung ihrer Eltern, welche jedoch nur betroffen zu Boden sahen und schwiegen. „Würdest du nun also bitte das Gewand ablegen", forderte der Pfarrer Maria nochmals mit einem strengeren Unterton auf.

Mit zitternden Händen öffnete Maria nach und nach die Knöpfe des Gewandes, um es dann, so langsam es ging, von ihren Schultern zu Boden gleiten zu lassen. Ohne deinen Hauch Stoff stand sie nun da und versuchte notdürftig mit ihren Händen ihre Blöße zu bedecken. Die immer intensiver werdende Schamesröte ignorierend, dirigierte der Pfarrer Maria direkt an das Kreuz, sodass sie mit dem Rücken dagegen lehnte. Sogleich begann er, mithilfe von Seilen, ihre Füße an dem Balken zu befestigen. Danach folgte ein Stück Seil, dass die Beine in Kniehöhe zusätzlich am Kreuz fixierte. Leicht widerstrebend gab Maria dann nach, als der Pfarrer ihre rechte Hand nahm, sie an den Querbalken führte und dort fesselte. Bis dato hatte sich die Hand schützend vor den Intimbereich gelegt, der nun neugierigen Blick dargeboten war. Der sanften Flaum Schamhaar, der ein zartes Dreieck Phantasie zauberte, vermochte es nicht, das Geheimnis zu verdecken, das zwischen Marias Schenkeln lag. Das Fixieren der anderen Hand führte dazu, dass die apfelgroßen Brüste sichtbar wurden und die rosa Brustwarzen, die sie krönten, sich keck hervor strecken konnten. Nachdem der Pfarrer auch noch an den Ellenbogen Stricke angebracht hatte, war Maria komplett bewegungsunfähig und splitterfasernackt an dem Kreuz fixiert.

Bis zu diesem Zeitpunkt waren nur der Pfarrer und Marias Eltern Zeuge der Demütigung, jedoch im nächsten Augenblick betraten die ersten Kirchgänger das Gotteshaus. Die Gespräche verstummten sofort, als sie das nackte Mädchen gefesselt am Kreuz sahen. Die ungläubigen Blicke auf den hüllenlosen Leib gerichtet suchten sie sich einen Platz auf den Holzbänken und ließen sich nieder. Immer mehr Menschen strömten in die Kirche und alle zeigten dieselbe Reaktion.

Maria hielt den Blick beschämt gesenkt und hoffte auf ein baldiges Ende der Tortur.

Endlich läutete die Kirchturmuhr die neunte Stunde des Tages ein und der Gottesdienst begann. Als Maria den Blick hob, sah sie, dass die Buben, die sich sonst immer in die letzte Reihe verzogen, um ungestört erzählen zu können, sich dieses Mal ganz vorn hingesetzt hatten und anstatt dem Pfarrer zuzuhören ihren Körper von oben bis unten mit ihren Blicken verschlangen. Mit tiefer Schamesröte im Gesicht senkte Maria ihren Blick wieder und hörte dem Pfarrer zu. Dieser hatte eine Predigt gegen die körperliche Liebe mit sich selbst verfasst und trug sie mit großer Betonung und wilden Gesten vor. Er verurteilte jene, die an sich selbst Hand anlegten und forderte harte Strafen für solche Vergehen. Immer wieder verwies er auf Maria und machte sie so zur Sünderin schlechthin. Diese versuchte die Worte mehr schlecht als recht zu überhören und konnte sich keinen Ort vorstellen, an dem sie in diesem Moment nicht lieber gewesen wäre. Maria war überglücklich, als der Pfarrer seine Moralpredigt beendet hatte und sich daran machte sie vom Kreuz loszubinden. Doch die erwartete Anweisung sich wieder das Büßergewand überzustreifen blieb aus. Vielmehr wurde sie noch immer nackt zu dem steinernen Altar geführt, der vorne in der Mitte stand. Sie wurde angewiesen, sich mit dem Rücken zur Gemeinschaft hinzuknien und sich mit dem Oberkörper auf den Altar zu legen. Kalter Stein berührte die zarte Haut ihrer jungen Brüsten, sodass sich ihre Brustwarzen hart aufstellten und schmerzhaft gegen die massive Oberfläche drückten. Die Arme musste sie ausgestreckt zu beiden Seiten legen und die Knie etwas auseinander nehmen. Als sie die geforderte Position eingenommen hatte, eröffnete der Pfarrer ihr und der Gemeinde, dass sie nun 15 Hiebe mit dem Rohrstock erhalten werde um endgültig für ihre Sünden bestraft zu werden und sich dann frei von Schuld erheben könne. Noch während der Pfarrer das Bestrafungsinstrument holte spürte Maria einen kühlen Windhauch, der über ihren Po, die leicht geöffnete Pospalte und das spärlich behaarte Geschlecht kroch, sodass ihr bewusst wurde, wie sehr ihre intimsten Stellen den Augen aller dargeboten waren. Tränen der Scham rollten langsam über ihr Gesicht, als der Pfarrer mit dem Rohrstock bewaffnet hinter sie trat. „Empfange deine Strafe tapfer", forderte er sie auf und wies sie darauf hin, sich nicht zu bewegen.

Schon schwirrte der Rohrstock das erste Mal laut durch die Luft und traf mit einem lauten Knall auf das dargebotene Hinterteil. Maria fühlte erst einen einschneidender Schmerz und dann eine brennende Linie auf ihren Pobacken. Jedoch kam kein Laut über ihre fest zusammen gepressten Lippen. Immer wieder holte der Pfarrer nun aus und zeichnete auf diese Weise Linie für Linie auf das Gesäß der Delinquentin. Bis auf das Sausen des Rohrstocks und dem lauten Schlag des Auftreffens war nicht ein Ton zu hören. Mucksmäuschenstill saßen die Mitglieder der Gemeinde auf ihren Plätzen und verfolgten die Bestrafung. Längst waren die Tränen der Scham jenen des Schmerzes gewichen. Marias Hände krallten sich am Altar fest - die Knöchel weiß.

Nach fünfzehn harten Hieben ließ der Pfarrer den Rohrstock sinken. Er gewährte Maria noch eine Minute Zeit zur Erholung und Besinnung, ehe sie wieder aufstehen durfte. Ihr Po schmerzte. Der Geistliche forderte Maria auf, ihr Büßergewand wieder anzulegen, eine Sache die sie nur zu gern tat. Tief atmete sie durch, als ihre Blöße endlich wieder bedeckt waren, doch

noch immer konnte sie niemandem in die Augen
sehen. Gemeinsam mit ihren Eltern durfte sie
dann die Kirche verlassen und gefolgt von der
gesamten Gemeinde den Heimweg antreten.
Der grobe Stoff des Büßergewandes rieb bei
jeden Schritt unangenehm auf der geschundenen
Pobacken. Maria kam der Weg ewig lang vor und
auch die geringe Menge derer, die denselben
Weg beschreiten mussten um nach Hause zu
kommen, kam ihr wie eine Hundertschaft vor.
Meter für Meter mühte sich Maria und war froh,
als sie schließlich das traute Heim sehen konnte.
Angekommen, ging sie sofort auf ihr Zimmer und
legte sich auf ihr Bett, noch immer ins
Büßergewand gekleidet. Sie dachte über die
vergangene Stunde nach und obwohl sie allein war,
schämte sie sich unglaublich. Sie konnte sich
nicht vorstellen auch nur einmal wieder das Haus
zu verlassen und sich den Dorfbewohnern zu
zeigen. Alle, wirklich alle, hatte sie nackt gesehen
und ihre Bestrafung verfolgen können. Eine
ungeheuerliche Vorstellung. Den Rest des Tages
verbrachte Maria nachdenklich in ihrem Zimmer
und ließ sich nur zu den Mahlzeiten sehen, bei
denen ihr das Sitzen auf den Holzstühlen nur
mithilfe eines Kissens möglich war.

Die folgenden Tage ging Maria nur widerwillig und auf Geheiß ihrer Eltern vor die Tür um die ein oder andere Besorgung zu machen. Doch entgegen ihrer Vorstellung waren alle Dorfbewohner freundlich zu ihr und keiner erwähnte den fraglichen Gottesdienst mit einer Silbe. Nach und nach hatte Maria das Gefühl sich wie gewohnt bewegen zu können und fühlte sich immer wohler. Einzig die lüsternen Blicke der Jungs erinnerten sie noch an die durchlebten Demütigungen. Doch das ignorierte sie souverän. Die endgültige Rehabilitation erfuhr Maria aber erst ein paar Wochen später. Als sie eines Sonntags wieder mit ihren Eltern die Kirche betrat, befand sich einer dieser Buben nackt wie Gott ihn schuf fixiert am Kreuz. Nun war es sein muskulöser Körper, der schutzlos allen Blicken ausgeliefert war. Maria besah ihn sich genau während sie, ihre Eltern im Schlepptau, die Reihen durchschritt und ganz vorne Platz nahm. Rabenschwarz wie das Haupthaar war auch die Schambehaarung, die als mächtiger Busch über der Männlichkeit thronte. Zum ersten Mal in ihrem Leben sah Maria einen Jungen nackt. Als dieser sie wiederum erblickte verschlimmerte sich seine Lage immens, denn in kürzester Zeit versteifte sich sein bestes Stück und stand dann in voller Pracht vor der versammelten Dorfgemeinde. Davon ungestört begann der Pfarrer seine Predigt, die Maria sehr an eine vorangegangene erinnerte. Während der gesamten Zeit gelang es dem Sünder nicht seine Gedanken von Maria zu lenken, sodass sein Glied unbeirrt prall vom Körper abstand. Die Eichel hatte sich unter der Vorhaut herausgestreckt und hatte dieselbe Farbe wie das Gesicht des armen Buben – dunkelrot.

Im Gegensatz zu Maria wusste er, was nach der Befreiung vom Kreuz folgen würde und ging von selbst mit auf und ab wippender Erektion zum Altar und nahm die Strafhaltung ein, die vom Pfarrer nur noch minimal korrigiert werden musste. Maria nutzte den Moment, um sich den Delinquenten genau von hinten anzusehen. Sie erkannte sogar das Poloch zwischen den Pobacken und bei dem Gedanken, dass an der Stelle, wo sie seinen Hodensack sah, jeder ihre Schnecke gesehen hatte, errötete sie leicht. Dieser Anflug von Scham dauerte allerdings nicht lange, denn schon war der Pfarrer mit dem Rohrstock bewaffnet an den Sünder herangetreten. 25 Schläge sollten es sein. Doch im Gegensatz zu Maria war Erwin, der Junge, nicht annähernd so tapfer. Schon nach dem zweiten Schlag schrie er laut auf und der Pfarrer musste die Bestrafung mehrfach unterbrechen, weil der Bestrafte seine Hände immer wieder schützend vor das Gesäß nahm. Deshalb wurde die Strafe auf 30 Schläge erhöht, doppelt so viele wie bei Maria.

Nachdem der letzte Streich ausgeführt wurden war, durfte der Sünder aufstehen. Seine Männlichkeit hatte sich mittlerweile zu einem Minimum reduziert und bei dem Anblick huschte Maria ein fieses Grinsen über das Gesicht. Der Nachhauseweg kam nicht annähernd so lang vor, wie noch Wochen zuvor. Der Gedanke, dass es nun noch einen Gedemütigten gab, beflügelte sie innerlich.

Als sie am Abend in ihrem Bett lag, dachte sie an den Gottesdienst und ihre Hand fand den Weg zwischen ihre Beine, wo sie die kleine Muschel solange verwöhnte, bis Maria einen wunderschönen Orgasmus erlebte und dann mit einem sündigen Lächeln auf den Lippen einschlief.

Herstellung und Verlag:
BoD - Books on Demand, Norderstedt
ISBN 978-3-7357-2205-8